LA CHARCA

TOMO II

MANUEL ZENO GANDÍA

CAPÍTULO V

Era una noche de luna. En Vegaplana, lugar situado a un kilómetro de distancia, iba a celebrarse el anunciado baile.

En muchos hogares en donde generalmente dormíase desde las primeras horas de la noche brillaban luces: lamparillas humosas de paja o velitas de sebo que chisporroteaban pegadas en ángulo agudo a los tabiques.

La gran plebe pálida sacudía el sueño disponiéndose al placer: un placer doliente, de enfermo que ríe; una sonrisa con apariencias de mueca dibujada en la faz de un yacente.

Las muchachas engalanábanse con vestidos de regencia o de lino amarillo o rojo, y cintas de colores vivos; muchas prendíanse flores en el peinado, a lo largo de las trenzas de cabellos lacios y negros: otras retorcíanse el pelo formando un rodete que sostenían con horquillas en el vértice de la cabeza.

En ellos, la indumentaria era más sencilla: camisa blanca, pantalón de dril ordinario y chaqueta blanca también, que se mantenía rígida por la dureza del almidón desecado. Esto y un sombrero de paja de alas anchas sin horma ni forro formaban el atavío.

Luego, en la mano, el machete: el arma clásica de mango ennegrecido por el uso y punta curva; el objeto nunca olvidado, a un tiempo instrumento de trabajo, punto de apoyo, vengador agresivo y defensor de los peligros.

Como gala extraordinaria, se calzaban; los mozos apenas si podían encontrar calzado bastante ancho para sus pies, encallecidos por las asperezas del suelo y agrandados por el constante ejercicio; las jóvenes, casi todas de pie diminuto, sentíanse, sin embargo, molestar por la presión desusada de aquellos tiranos de cuero amarillo. Muchos llevaban debajo del brazo los zapatos para ponérselos a la entrada del baile, porque así la caminata sería más cómoda y el deterioro del calzado menos sensible.

En todos los confines de la montaña, allí donde hubiera un hogar, sentíase aquel ondeo viviente preparado por la alegría y el ansia de ser feliz.

En la casucha de Leandra todos estaban ya dispuestos. Gaspar canturreaba en el batey, Leandra, con la ropa limpia, estaba ancha, ruidosa con el roce de los pliegues y el ruedo del vestido.

Por encima de la cintura, más oprimida que de costumbre, amontonábanse sus senos enormes, dando al busto apariencia deforme, de engañosa turgencia, de falsa morbidez.

Silvina está sencilla, muy sencilla. De su atavío, ceñido con gracia, desprendíase aura atrayente de juventud. Estaba bella, con sus ojazos negros y sus pestañas largas y suaves. Su cuerpo delgado, esbelto, lucía galas encantadoras, mostrando el atractivo de finas líneas curvas en el dorso, en los brazos y en el cuello, en donde la redondez

3/51

despertaba la tentación de los besos. Movíase con elegancia, con innato donaire, como mujer que sabe que es hermosa y se complace en mostrarlo.

Pequeñín era también de la comitiva: no podía quedar solo en la cabaña, y para que no estorbara a los mayores se le acostaría, cuando durmiera, en cualquier rincón de la casa del baile o en otra vecina.

Leandra quiso ser previsora. Por si Galante visitaba aquella noche la choza, era preciso que hallara la puerta franca. Antepúsose, pues, la hoja de palma y se dejó suelta, sin atarla con el mimbre, con el bejuco con que solían asegurarla.

Salieron, y al llegar a la margen del río Gaspar se detuvo.

-Ahora -dijo- sigan ustedes. Yo tengo que hacer todavía una diligencia.

-¿Pero vamos a ir solas?

-No, mujer..., ¡si por el camino va un bando de gente! ¿A qué le tienen miedo?

-Pa mi gusto sigo sola -dijo Silvina.

-¡Como hay tantos abusadores! -afirmó Leandra.

-¡Ea..., echen palante! Por ahí va mucha gente, vayan pasito a poco... Yo las alcanzo ahorita.

Salieron las mujeres al camino vecinal y emprendieron la marcha hacia Vegaplana, caserío situado en la parte más baja del barrio.

Gaspar internose en el arbolado, caminando lentamente.

En tanto, la noche discurría serena. ¡Qué cielo, qué esplendor, qué fluidez argentina en golfos infinitos!

Parecía que el ángel de la noche se bañaba en luces tibias.

Ni una nube náufraga en aquel océano de fulgores, ni un celaje interceptando los rizos del plenilunio; ni un astro disputando la soberanía espléndida de la luna. Ella, sólo ella reinaba en la pompa suprema de los cielos; sólo ella se mecía en el cóncavo trazando amplia trayectoria poética, Desde la colosal lejanía mostraba el semblante estático: un semblante de muerto que irradia la vida; un semblante apacible, inspirador de emociones; un semblante de estatua henchido todavía de la fortaleza de los hércules. Recibía el cielo las claridades con tersura, con placidez de gigante acariciado. Al indeciso color azul uníanse otros tímidamente grises: fulgor cinéreo que la tierra devolvía a la gentil trasnochadora. Aquella mezcla de luces atomizaba tonos intermedios, transiciones suaves pareciendo el espacio un alcázar levantado en el infinito para guardar el sueño de un Dios.

Reposaba la tierra envuelta en el copioso deshilo del astro. Las selvas, en las alturas, quebraban los rayos luminosos tiñéndose con colores más oscuros; los árboles corpulentos bebían luz proyectando sombras medrosas; la maraña de los bosques, en donde la vegetación se apretaba vigorizada por incomparable feracidad, forjaba lienzos de adusto verdor tendidos sobre las vertientes, y las cimas, a trechos ondeadas, a trechos puntiagudas, simulaban hoces o puntas de flecha en donde se quebrara la luna si cayera.

Luego, en su cauce escarpado, el río. Un caudal de linfa discurriendo entre peñascos, tomando ímpetu en los desniveles, formando cascadas en los apinamientos de las piedras, recorriendo el curvilíneo impuesto por los siglos, proyectando los espejismos de sus cristales con mirada de reflejos para cada fulgor y sonando, sonando siempre con roce armonioso en los remansos, con crepitaciones de hervor en los deltas de las peñas, con choques ruidosos en las curvas, con escándalo de derrumbamiento en las cascadas.

Así la noche de luna desplegaba la veste, dejando revolar por todas partes los geniecillos del sueño, diseminando fantasmagorías de romántico amor. Así la naturaleza daba grandioso marco al cuadro de la batalla humana, así ofrecía soberbia escena a la inquietud del hombre que rastreaba debajo...

Gaspar, con paso furtivo, desanduvo algunos metros y en línea oblicua subió por el monte.

De la sombra de un árbol pasaba a la sombra de otro, esquivando que la luna le iluminase de lleno.

Variando con frecuencia de dirección, obligado por los accidentes del terreno, repechó por la arboleda buena distancia. Al fin, a través de los troncos inmóviles, que parecían rígidos fantasmas, descubrió una choza sombreada por árboles muy copudos. Era el cerezal de la vieja Marta. Detúvose, y sentándose sobre una piedra miró fijamente la casita, en la que tenuemente lucía una luz que alguien movía de un lado a otro.

Preparábase Marta al sueño. Aquel domingo había sido para ella un gran día. Cuatro docenas de piezas de ropa lavada, cuatro gallinas y dos docenas de huevos vendidos; y ¡el gran negocio!, una vaca escuálida, de empobrecidas ubres, que había hallado comprador, fueron los veneros que le permitieron embolsar cuatro duros. Buena jornada. Marta estaba contenta, jubilosa; parecíale el aire más sutil, la luz más clara.

En todo el día sintiose poseída de un vértigo de alegría. Alegría silenciosa, disimulada, reprimida, que escapara a la observación de las gentes para gozarla ella sola.

Algo, sin embargo, la inquietaba: el comprador de la vaca había sido muy imprudente. ¡Qué modo de vociferar un regateo que debió ser reservado! Varios campesinos se enteraron del negocio, y conocido éste, llegó a oídos de Gaspar, a quien impresionó la noticia.

Anduvo éste pensativo todo el día... Desde hacía tiempo le cosquilleaba la idea de vigilar a la vieja. ¡Cuánto dinero enterrado! Le impacientaba la curiosidad y más de una vez pensó en saber con certeza si en efecto existía el depósito y a cuánto ascendía. ¿Qué arriesgaba en ello? Fácil era averiguarlo, y luego... Gaspar no podía reprimir el violento deseo de despojar a la anciana. Animábase en sus dudas él mismo. ¿Quién era ella? Pues una miserable que mataba de hambre a su nieto. Aquello era atroz y merecía su castigo: el castigo más terrible que puede imponerse a un avaro: arrebatarle su tesoro.

De ese modo Gaspar dábase aires de vengador presentándose a sí mismo, si realizaba su plan, como justiciero que daba a cada cual lo suyo.

Ocurriósele un día una pregunta:

¿Cómo Deblás no había pensado en aquella maniobra? ¡Quién sabe si el muy tuno la estaba sangrando poco a poco sin que ella lo notase! Gaspar maduró mucho su plan. El negocio era para hacerlo él solo, para aprovecharlo en su exclusivo beneficio sin partir con nadie el botín.

La dificultad estaba en descubrir el lugar del escondite. Marta era astuta y no era fácil que olvidase las precauciones necesarias a su secreto.

Sin embargo, seguida de noche con sigilo, acaso se pudiera atisbar el escondrijo. Así, cuando oyó referir aquel día que la anciana acababa de percibir una crecida suma, pensó que aquella noche probablemente andaría en cuatro pies por el monte.

Lo natural era que el dinero fuera enterrado después que durmiera el nieto. Nada se perdía con probar, y arreglando las cosas de modo que la fiesta de Vegaplana no lo estorbara, arriesgose en la empresa.

Después de dar cien vueltas en el interior de la choza, Marta atrancó la puerta y apagó la luz.

Todo listo: la puerta y la ventana, atadas; la candela, extinguida; el nieto dormido, y encogida en la hamaca quedose la vieja pensativa.

Con los ojos abiertos, meditaba. A ella no había quien la engañase. La vaca no daba leche, pero estaba gorda y bien valía la baratura del precio en que la vendió.

De todos modos, lo importante era guardar bien su montoncito. ¡Pero vaya una luna chillona! En noches como aquellas las gentes acomodadas estaban vendidas. Y pensando así, miraba con enojo los rayos de la luna que por los intersticios del tabique se filtraban en la choza. ¿Para qué tanta claridad? La luna debía dormir como la gente. Dios sabe hacer sus cosas, mas ella no comprendía que, después de jornadas de tanto resol, quedase todavía el cielo como una hoguera. Pero no había más que resignarse... En rigor, lo prudente era esperar noches oscuras para guardar su dinero; pero ¿no sería más peligroso tenerlo en la casa tantos días?

Además, ella necesitaba bajar al río, ir a la tienda, recorrer el vecindario, y no era cosa de andar arriba y abajo con el talego encima... Lo mejor, lo más prudente, era afrontar la situación, y, tomando todo género de precauciones, guardar aquella misma noche sus ahorros. Como todo el mundo andaba de fiesta, no era probable que la viera nadie.

Esperó mucho tiempo, y luego, encorvándose para pasar por debajo del alero del colgadizo, salió de la choza.

La luna la envolvió en claridad. Dio la anciana dos o tres vueltas en torno de la casita, mirando con recelo a todos lados. No temía ella a los pillos de fama, sino a los hipocritones que las echaban de santos siendo capaces de todo. Sí, los temibles eran los disimulados, a quienes más de una vez había sorprendido dirigiéndola miradas sospechosas. Mejor que fiarse de aquellos falsos se fiaría de un mozo como Deblás; podía ser todo lo malo que quisieran, pero desde la noche del susto siempre se portó con ella como huésped agradecido, repitiéndole cien veces que por nada del mundo le daría que sentir. Pensando casi a gatas; Marta debajo en contornos..., nada. Sólo la noche henchida de frescura.

Entonces, caminando cautelosamente, metiose en el monte.

Gaspar, que no había perdido uno solo de sus movimientos, respiró con alegría. ¡Al fin! No se había equivocado. El matusalén del cerezal iba aquella noche a meter las manos en el tesoro.

Irguiose poco a poco y siguió a Marta. La sombra del bosque envolvía a ambos. Gaspar, arriba, avanzando casi a gatas: Marta, debajo, en la parte más inferior del declive, deslizándose lentamente, mirando a todos lados y haciendo zigzags en su camino, como para desorientar a quien pudiera observarla.

A poco se detuvo en un claro que la vegetación dejaba en el monte. En el centro de una pequeña planicie pedregosa se alzaba el tronco gigantesco de una ceiba. Llegó al tronco y se sentó junto a él, mientras Gaspar, desde los matorrales próximos, la vigilaba.

Después de algunos minutos, la vieja dio una vuelta en torno del árbol, escudriñando los grupos arborescentes, como si temiese que se animasen para despojarla. Pero nada: estaba sola con Dios. Sólo un testigo impertinente.

Alzó la cabeza y fijó una adusta mirada en el árbol. La claridad cayó con serenidad sobre aquel rostro senil, y al ver cómo los rayos de luz se quebraban en él, plateando la barba y la nariz puntiagudas, los labios fruncidos, los ojillos acurrucados en el fondo de sus cuencas, la piel rugosa y péndula en el cuello y las guedejas de revueltas canas enmarañadas en el occipucio y la frente, hubiérase creído que el satanismo del mal daba relieve a un contraste irónico: la vejez rebosante de vigor, de poesía, de encantos, enredándose jubilosa en cada rayo de luna, difundiendo calor de existencia y descendiendo para reclinarse sobre las florestas y sobre los pantanos.

Cuando Marta creyó estar segura de su soledad, escarbó al pie del árbol. Estaba encorvada, de bruces sobre la hierba, las manos enarcadas como azadas cavadoras. Un instante después un hoyo quedó hecho. Adivinaba Gaspar más que veía los detalles de la escena, desvanecidos en la semiluz que proyectaba el árbol.

Marta sacó del bolsillo un paquete, abriole y dejó caer a granel un montón de dinero. Sonido metálico muy débil denunció la caída de las monedas.

Después, otra vez miró la avara en torno. Sola, siempre sola. Y apresurada aterró el hoyo, pasó por encima la mano, igualando la removida superficie, y amontonó en el lugar algunas piedras para que disimularan la reciente zapa.

Respiró la anciana como quien se alivia de un gran peso. Ahora, que vinieran a desvalijarla. Trabajo daba ella a quien quisiera husmear su cueva. Y siempre recelosa regresó con lentitud a la choza.

Dudó Gaspar un instante. Calma, mucha calma. Lo primero, acostar a la vieja. Siguiola con gran precaución y pudo ver cuando, por debajo del colgadizo, entró en la casa. Esperó. Al fin el quietismo de la choza le animó. Marta debía estar dormida. La ocasión había llegado.

Conteniendo el gran placer de su triunfo, volvió a la ceiba. El tronco presentaba sus asperezas como arrugado semblante contraído por el mal genio; mientras, las ramas, nadando en el vacío, flotaban allá arriba, y las hojas se agrupaban como muchedumbre de mariposas verdes atadas por un ala.

Imitó Gaspar a Marta. Escarbó, separó la tierra y puso al descubierto la boca de una tinaja. ¡Jesucristo, qué talego! Gaspar sintió vértigos, y si en aquel instante hubieran querido disputarle su tesoro, hubieran tenido primero que hacerle pedazos. Todo, todo aquello era suyo. Mas lo que hacía era peligroso, convenía terminar pronto.

Tumulto de proyectos se resolvió en su cabeza. ¿Lo cogería todo? ¿Tomaría sólo una parte para insistir otra noche? Sí, esto último era lo mejor. Todo despojo absoluto alborotaría. Lamentaríase Marta horriblemente, y el escándalo sería inevitable. No; poco a poco se va lejos. Ante todo, ¿cuánto podría haber allí?

Hundió una mano en la tinaja y aspadeó con los dedos en el montón. ¡Bah, no era tanto! La tinaja era muy pequeña. Pero se decía que la avara tenía mucho dinero: tal vez tendría varios escondrijos y guardaba su dinero repartido en porciones. Quien había encontrado una, encontraría las demás.

Extrajo Gaspar un puñado de dinero: eran monedas de plata y cobre. Buscó, revolviendo el depósito. No había oro. Era indudable que Marta debía tenerlo, pero allí no estaba. Gaspar hizo un cálculo: entre pesetas, vellones y ochavos podría haber allí unos doscientos pesos. La primera impresión se disipó: no era tan grande el talego. Con paciencia buscaría, y jurose no parar hasta descubrir los otros depósitos. Guardó un puñado de monedas. Con aquello bastaba: unos diez o doce pesos. Podría con ellos holgar en Vegaplana, dormir a pierna suelta el lunes y darse durante una semana buena vida. Ya volvería por otra dosis...

Y así pensando, Gaspar rellenó el hoyo, dejando las cosas como si mano profana no hubiera tocado el caudal de Marta. Después volvió al río, pasó la calzada y con una sonrisa en el semblante emprendió la marcha a Vegaplana.

Allá la gran turba danzaba alegremente. Bullía la sala como líquido turbio puesto sobre brasas.

Dábase el baile en una casa campesina de dimensiones mayores que las corrientes, pero con el mismo descuidado carácter de construcción: cuatro paredes cribosas y un techo débil para resistir el ímpetu de las ráfagas. Tres o cuatro lámparas ardían en la sala diseminando, más bien que claridad, penumbras que envolvían los objetos. Por dentro, el techo, sin cielo raso, mostraba el interior de la cobija de hojas de palma, ostentando toscas vigas que atravesaban de un lado a otro de la sala. Esa techumbre sorbía el pobre chispeo de las lámparas, que hacían esfuerzos por aclarar los contornos. Estaban formadas las lámparas por frascos pequeños con un tubo de lata adaptado a la boca, y, por dentro del tubo, la mecha chupadora que quemaba el combustible contenido en el pote. De aquellos focos de luz desprendíanse espiras de humo negro y oleoso, conquistando la sala con la intensidad de un olor casi irrespirable.

-¡Otra punta, otra punta! -decía un mocetón que remolcaba a compás a una vieja.

Los demás le hacían coro. Habíase terminado la pieza, y los concurrentes querían que la repitieran. Los músicos, cediendo complacientes después de dar su permiso el director, el amo del baile, la emprendieron otra vez con la contradanza, mientras las parejas, empapadas en copioso sudor, se lanzaban de nuevo al vértigo del ritmo.

Sobre un banco de madera veíase a Leandra, arrellanada, en compañía de otras campesinas que no habían encontrado pareja. Se echaban aire con los pañuelos o con alguno que otro abanico que corría de mano en mano. Se comentaban los incidentes de la noche, la generosidad del anfitrión, la bondad de las bebidas. Alguna mujerzuela criticaba el traje de las bailadoras.

-Pa vestirse así, mejor es andar en naguas. ¡Ave María! ¡Si parece una verdolaga en lo ancha! Y mira, mira a Filomena. Cómo se le va conociendo ya la barriga. Pues y luego, tan changa y tan pescao frito.

-Dicen que se casa.

-¡Y si lo ves...!

-No, hombre; lo que hay es que Moncho se la lleva.

-Por cierto... Si acaso se la irá llevando poco a poco.

Después, picardeando en voz baja, las mujeres contenían la risa producida por las parejas ridículas o por las que, olvidándose de la crítica, se entusiasmaban demasiado en el balanceo voluptuoso de la contradanza.

De vez en cuando corría de mano en mano la lujosa copa campestre: la parte leñosa de una higuera pulida en forma de oboe, que servía para satisfacer la sed de todos, siendo sumergida a cada instante en una tinaja que contenía el refresco, el agualoja, especie de hidrolado de azúcar, jengibre y anís. Paladeaban todos la dulzaina bebida y reforzaban la provisión de líquidos para devolverlos en forma de emisión sudoral.

Las parejas volteaban la sala como los cangilones de una noria. Movíanse en torno unas veces, dando vueltas sobre sí mismas, otras deslizando a la derecha o a la izquierda, otras retrocediendo de espaldas él o ella, y en este último caso parecía que el hombre daba caza a la mujer fugitiva.

Los hombres, con el brazo derecho abarcando la cintura de las damas, mientras con el izquierdo, unidas las manos, ora encogido, ora estirado, ora doblado hasta colocárselo en la espalda, cerraban la cadena de la contradanza, de la que no era posible desprenderse sin perder el compás.

Dejábanse ellas conducir en el suave balanceo. Colocaban el antebrazo izquierdo sobre el brazo derecho de la pareja, abandonándole el otro brazo, y, envueltos en aquellos lazos, rendíanse al movimiento muelle y perezoso de aquel baile singular.

Así volteaban, unas veces proyectándose con deslizamientos suaves, otras deteniéndose bruscamente para moverse luego con lentitud, como durmiéndose de pie, como embriagándose en los tonos rítmicos de la música, como desmayando en un paroxismo de quietud placentera o de inmovilidad deleitosa.

Rozaban los cuerpos con los choques de unas parejas con otras o con las presiones de los propios brazos; las cinturas femeninas quedaban manchadas por la espalda, en donde las húmedas manos de los mozos dejaban la huella; y en tanto movíanse los pies económicamente en estrecho espacio, como pretendiendo bailar en equilibrio sobre la punta de un alfiler.

La ola humana movíase incesante, golpeando a veces rodilla con rodilla, respirando el mutuo aliento cada una de las parejas, experimentando a cada instante choques de blandura muelle y roce de cabellos cortos que entoldaban las frentes, estableciéndose corrientes de amor inquieto -de deseos mortificados por la proximidad del objeto imposible que los despertaba-; trasiego, en fin, caliente y, plástico de una vida llena de ansias de placer y de felicidad.

Y todo ese mundo de agitación, impulsado por la música... Cuando la contradanza empezaba, el ritmo invadía la sala, acompasándolo todo con la precisión de su medida armónica. Los instrumentos eran tres: una guitarra grande, el cuatro; otra más pequeña, el tiple, y un cuerpo disonante llamado güiro.

Era el güiro un instrumento extravagante, trofeo de tribu indígena salvado de los naufragios del tiempo. Una caja disonante hecha en el fruto hueco y disecado del marimbo, generalmente encorvada como una cimitarra, con una superficie rayada en la parte anterior, formando líneas estrechas y paralelas al través. Tenía forma de cucurbita, con extremos agudos y vientre ancho, y en éste un agujero para dar salida a los sonidos. El áspero instrumento sonaba agitando el músico un pequeño alambre o cualquier objeto agudo que, al rozar, producía un chirrido de hierro enmohecido o un rumor de arena pisada sobre una superficie dura.

De aquel soberbio trío escapaban los campestres aires musicales, melodías de dulzor romántico sobre motivos de una simplicidad primitiva. Eran aires quechuas lanzados a la evolución, acariciados por el sentimentalismo andaluz.

La resultante de estos dos factores era algo peculiar, propio, exclusivo. Sonaba una nota reposada o trémula, y enseguida surgían otras más que volteaban en torno a la primera; juntas, progresaban melódicamente hasta llegar a un punto más alto de la gama, y después restituíase el aire a la nota primitiva. Este vaivén determinaba una monotonía triste, soñolienta, como si debiera ser cantada por amante que llora al desdén de su dueño.

Ocurría a veces una variante: el tiple se animaba como agitado por la inquietud de un movimiento expansivo; daban las notas volteretas en el pentagrama, determinando vivísimo allegro; el compás, siempre cadencioso, se apresuraba; el ansia de movimiento salía en impulsivos soplos de la caja sonora de los instrumentos; pero la agitación duraba poco, volviendo de nuevo a la monotonía anterior como onda armónica que se encoge en el reflujo de su sencillez.

Ejercía aquella música fascinación sobre los temperamentos. Montesa, cuando navegaba, silbó mil veces en lejanos mares la melodía nativa. Experimentaban los criollos al escucharla una emoción secretamente melancólica. El corazón se les oprimía, y una luz iluminaba en el recuerdo el pasado, dando relieve a los dormidos poemas de la infancia. Música amable, cariñosa, atractiva, en la colonia incitaba, removía, acariciaba con la suavidad de sus cadencias; ausentes de ella, conmovía, casi enternecía, presentaba ante los ojos la visión del nativo solar, invitando a recobrarlo, atrayendo con benditas memorias, enorgulleciendo por ser suyo y por haber en él nacido.

Y a compás de esa influencia, otra enervadora carnal. Un soplo que empuja al movimiento, una fuerza que lleva a la agitación anhelosa de contenidos deseos, mortificante estímulo que obliga a dos seres a poseerse sin posesión, contacto blando que despierta mundo de sensaciones, arrebato dominado por la convención, una hipócrita fórmula, en fin, para arrojarse en brazos de la bestialidad sin disipación ni escándalo.

Así invadían el aire aquellos sones, excitando el temblor agitante de un pueblo paralítico; así se escuchaba desde lejos como un treno, como conjunto de notas tristes atadas a las vibrantes; como melodía sentimental que se alzaba de los instrumentos; como dolientes ayes de un pueblo moribundo que, sonriendo y cantando, se hunde en la abyección.

La animación iba subiendo de punto a medida que la noche avanzaba y las lenguas bañábanse en libaciones de anisado y ron. Cuando el arroz dulce saciaba el apetito, borbollaban las risas, y las carcajadas, y el alboroto.

Brusco aleteo de grosería golpeaba los tabiques, rebotando sobre el suelo negruzco y manchado por la sialisis que el continuo mascar tabaco producía. Imperaba en todo la zaña rudeza que blasfema y grita para celebrar un chiste, confundiéndose así hombres y mujeres en la brutal torpeza de un concurso sin cortesía.

Al fin, en una de las puertas apareció la cabezota de Gaspar.

En aquel momento, Silvina bailaba con un labrador joven y bien parecido. Al dar una vuelta, la joven vio a Gaspar. ¡Qué suerte! A llegar unos minutos antes la hubiera encontrado colgada de los brazos de Ciro.

Al pasar por delante de la puerta detúvose la pareja, y Silvina dirigió a Gaspar una mirada interrogante. Éste, con ademán afirmativo, expresó su conformidad, y Silvina siguió volteando con el labrador.

Gaspar se lanzó también. Por el camino habíase detenido en varios ventorrillos y bebido buenas dosis de ron. Éste, revolviendo allá dentro, y el dinero de Marta arrinconado en el fondo del bolsillo, le habían puesto de buen humor. Sí, a divertirse... Por supuesto, sin quimeras, sin garatas. Quien quisiera pelear, al camino. Allí se habían reunido personas de consideración, y era menester respetar y dejarse de relajos. Y entre dicharachos y discursos que nadie le pedía, perdiose en el remolino de parejas, chocando aquí, tropezando allá, y en todas partes apestando el ambiente con su aliento aguardentoso.

El buen humor de Gaspar llegó al paroxismo. El labrador que bailaba con Silvina vio a Ciro con su novia. Desprendiose ésta de los brazos de Ciro y asiose a su galán, dejando plantados en medio de la sala, el uno, a Silvina; la otra, a Ciro.

Imbécil gritería celebró el caso. Y todos proclamaron la lógica de que los dos plantados se enlazasen en el baile.

Silvina dudó recelosa; mas, tropezando con Gaspar, vio que éste venía haciendo visajes y haciendo coro a la insinuación de los demás. Entonces sintiose asida por Ciro, abandonose en sus brazos y se perdió con él en el tumulto.

Apenas empezaron a bailar, Ciro bajó la cabeza a la altura de la oreja de la joven y dijo en voz baja:

-Esta noche..., ¿verdad?

-Esta noche..., ¿qué? -contestó ella, sintiéndose poseída de intensa alegría al verse autorizada para bailar con el joven.

-Te digo que esta noche hago un disparate.

-¿Vuelves otra vez con tus locuras?

-Es que no me conformo, es que te quiero... Estoy resuelto. Aunque me comprometa y te comprometa. Esta noche ése está más borracho que un alambique. Caerá como una piedra sobre el soberao. Espérame. Ya lo sabes...

-¿Pero acaso vivo yo sola?

-A mí, ¿qué rayo? Así vivas dentro de un baúl, allá voy a buscarte.

-Allí está Leandra. Es seguro que Galante estará también. Y luego, Gaspar...

-No importa. Galante y Leandra duermen en el cuarto de afuera. Tú y ese animal en el otro.

-Ni por pienso, ¿sabes? Ni por pienso te ocurra eso...

-¡Voy!

-No, imposible. Déjate de eso.

-Mira: voy. Por encima de todo, voy. Si me esperas, puede que no pase nada; pero si te opones y haces ruido y se despiertan no vuelvo la espalda. Te lo aseguro. Llevo mi mocho, y voy resuelto a hacerle cara a todo el barrio.

-Pero ¿por dónde vas a entrar? -dijo ella, bajando mucho la voz.

-No sé por dónde. De todos modos espérame despierta.

-Esa es una barbaridad. ¡Dios quiera que no se arme la gran trifulca!

Y mientras duró el danzón no hablaron de otra cosa. Silvina, emocionada; él, insistente. Llenábase ella de pánico. ¿Cómo impedir que Ciro realizara su proyecto? Además, en la lucha tenía ella un flanco débil. Temía los peligros del audaz propósito; pero un secreto gozo, un ansia sin sensación definida, un anhelo hondo, muy hondo, la hacían desear que la tentativa resultase practicable.

-¡Dios mío!, si te oyeran, ¿qué sería de nosotros y, sobre todo, de mí?

-No oyen los que están bien dormidos; te asustas más de la cuenta. He pensado muchas veces en aprovechar una ocasión, y ahora te lo digo, he rondado muchas noches por aquel lugar. Pero tú no estabas avisada. Ahora lo estás, y la cosa cambia. Quieras o no quieras, si nos hemos de fastidiar, nos fastidiaremos juntos.

Quedaba en ella un resto de duda. Ciro no cumpliría su temeridad. Daba, pues, lo mismo discutir o consentir. Mejor era dejarle.

Al fin terminó la danza, y Silvina corrió al lado de Gaspar.

La atmósfera de la sala parecía un nubarrón saturado de polvo, de emanaciones humanas, de humo y tabaco.

Cabeceaban ya algunas viejas, rindiéndose a las fatigas de la noche en claro, mientras las parejas jóvenes empeñábanse en dilatar las horas alegres, y los chicos, tirados por los rincones, dormían con sueño feliz.

Ya muy baja la luna, disolviose el baile. Gaspar, Leandra, Silvina, las Flacas y varios campesinos regresaron en un grupo a su montaña.

Al salir de la sala, Silvina, todavía sofocada por la agitación, sintió en el semblante el aire fresco de la madrugada, produciéndole ingrata impresión. Le ardían los ojos, tenía sueño, abatimiento, laxitud.

Así caminó algunos metros. Detúvose de pronto. La había invadido un aura vaga, algo inexplicable. Sintió extraño aturdimiento, hebetud profunda. Fijó la mirada en un punto del espacio, y, dando algunos pasos rápidos, se sujetó de un árbol, abrazándose al tronco. Luego perdió la noción del mundo. En su torno desvaneciéronse las cosas, la ideación consciente interrumpió su enlace, dejó de saber en dónde estaba, en su cerebro nada existía, ni pasado, ni presente, y, al fin, cayendo en una absoluta privación de la vida cerebral, se tambaleó en vértigo idiota.

Acudieron todos, la sostuvieron, la sentaron sobre la hierba y trataron de reanimarla.

El azote nervioso pasó pronto. Ya reportada, abrió los ojos, miró con asombro a todos lados.

-¿Qué me ha pasado? -dijo.

-Nada: eso no es nada.

-¿Pero qué he sentido? ¿Por qué me he mareado? ¿Por qué estoy aquí, en la hierba?

-Porque poco te faltó para caer redonda.

-Yo estaba buena, sana. De pronto se me fue el mundo... Me ha dado un mal, ¿verdad?

-Vamos -dijo Gaspar-, ya eso pasó. Lo que hay es que todas las mujeres son locas. No te has cansado de brincar toda la noche; luego saliste enseguida a la luna. Claro, por poquito te pasmas. Pero vamos, ya estás buena. Vamos...

Continuó el grupo la marcha, y Silvina le siguió quebrantada, como si hubiera sufrido la depresión de un gran trabajo. Iba presa de gran tristeza, conteniendo los sollozos. ¡Qué raro era aquello! ¿Por qué había sentido tan extraño mal? Sin embargo, cuando llegaron a la casucha las aprensiones se habían disipado y estaba más tranquila.

Al abrir la puerta salió del interior una bocanada de olor humano. Y oyose la respiración ruidosa de un dormido.

Leandra impuso silencio. Nada de ruidos. Galante estaba allí, en el camastro.

Penetraron todos en la vivienda, y a poco reinó el silencio, sólo interrumpido por los groseros ronquidos de Gaspar.

En el cuarto más grande, Leandra y Galante en el camastro, y Pequeñín rebujado en el suelo entre unos trapos. En el otro cuarto, Gaspar y Silvina en su tálamo: una estera amarilla cubierta de trapos y unos sacos que servían de almohada.

Gaspar, sin desvestirse, cayó inerte, como si un sueño de príncipe encantado le hubiera condenado a dormir un siglo.

Silvina, pensando en Ciro, desvistiose lentamente. ¡Dios santo! ¿Sería capaz de ir? Deseaba dejarse llevar por el acaso, abandonarse en la aventura; pero la zozobra la tenía asida y el miedo indecisa. Bajo la influencia de tales impresiones, acostose en la estera, al lado de su tirano.

Gaspar quedaba del lado del tabique, ella a media vara de distancia.

La sombra ennegrecía en la casucha todos los detalles. Por alguno que otro intersticio podíase descubrir la claridad exterior, y por el pavimento de tablas de palma viejas, mal unidas, lleno de hendijas, podíase descubrir el color pardo de la tierra, sobre la cual, a una vara de altura, estaba construida la casa.

Todo quedó en el quietismo. Sólo alguna cursoria aleteó en el aire para caer después al suelo y entregarse al cucaracheo asqueroso de caza nocturna.

Media hora después, Silvina se incorporó asustada. Había oído un ruido extraño. Un roce de pisadas producidas por el paso de alguien que rondaba en el exterior.

Era Ciro. El joven les había seguido desde Vegaplana, resuelto a cumplir su promesa. Esperó en el bosque el tiempo que juzgó bastante para que todos conciliaran el sueño, y luego acercose cautelosamente a la casucha, buscando manera de penetrar en ella.

Silvina, asustada, galopándole el corazón, escuchó... Ciro llegó a la casa y se metió debajo. Sabía que Gaspar y Silvina ocupaban el cuarto pequeño, pero ignoraba qué ángulo de éste era ocupado para lecho.

Introdujo el machete por el intersticio de dos tablas del pavimento. Tropezó el arma con algo que cerraba el paso. Era indudable que la estera estaba allí.

Introdujo luego el machete más hacia la izquierda; siempre el mismo obstáculo le detenía. Siguió probando de ese modo hasta llegar al tabique de la fachada, y luego, volviendo al sitio por donde empezó la pesquisa, probó de nuevo hacia la derecha.

A la tercera tentativa, el cuchillo penetró entero. Indudablemente por aquel lado no había obstáculo. Midió una extensión como de media vara y calculó que para abrirse paso necesitaba levantar cuatro tablas. Siguiendo la dirección de una hasta su extremo junto al tabique, probó a empujar. Las tablas estaban atadas con resistentes bejucos que las mantenían unidas, que formaban el cuadro de la choza. Cortó el joven la atadura de una de las tablas y ésta, cediendo, crujió ligeramente. La alzó Ciro algunas pulgadas, la empujó oblicuamente y la dejó descansar sobre la tabla inmediata. Del mismo modo cortó la atadura de una segunda tabla, y a los pocos momentos el busto de Ciro apareció en el interior de la casucha como surgido por escotillón.

Escuchaba Silvina sin perder un solo detalle del asalto. ¡Qué atrevimiento, qué audacia! Tenía ella inmenso miedo; pero al mismo tiempo, desvanecido el malestar sufrido a la salida del baile, experimentaba arrobamientos de felicidad.

Allí estaba el hombre amado que por ella a los mayores peligros se exponía. Y en la sombra del cuartucho, sentada sobre la estera, teniendo al lado a Gaspar, desde el fondo del alma admiraba a Ciro; veíale engrandecido por la pasión, digno cien veces del premio a tan duro precio perseguido.

¡Ah, pero si los sorprendía! ¿Qué iba a pasar allí? Entonces, resuelta, deslizose por el suelo hasta el hueco abierto por Ciro.

—¡Por el amor de Dios..., ten cuidado!

—¡Silvina!... ¡Silvina de mi alma!

Y abrazados, él con los pies en el sótano y el busto en el interior de la casa, y ella acurrucada junto al hueco del pavimento, unieron sus labios, diéronse besos muy diminutos para que no sonaran.

Allí, en voz muy tenue, cambiaron algunas palabras que el temor hacía balbucientes. Él, resuelto a terminar, impaciente, bajo el estímulo de una premura necesaria, queriendo acortar la aventura, cuyos peligros comprendía, en una oscuridad de donde podía, súbito, esgrimirse el machetazo del huésped sorprendido en el sagrado del domicilio. Ella, ebria. Sí, era preciso dar fin a aquella historia. En el baile, en brazos del joven, había entrevisto momentos de dicha. Sentíase invadida por la vacilación final. Así, al sentir la ternura del joven, cerró los ojos. ¿Tenía que ser? Pues que fuese...

-Espera... -dijo al oído de Ciro.

-Espera. Quería convencerme de que ése está bien dormido. No subas, no entres..., yo te avisaré...

Deslizándose, volvió al lado de Gaspar, que roncaba como fuelle de fragua. Acercose y le observó un rato. Dormía. ¿No estaría despierto, fingiendo dormir para caer a traición sobre ellos?

Observó otra vez. Dormía. Ella, sin embargo, quiso la evidencia. Alargó los brazos y le tocó, diole luego suaves empujones llamándole entre dientes, como si temiera que estando dormido le despertara la prueba.

-¡Gaspar! ¡Gaspar! -y como éste no respondiera, continuó-: ¡Gaspar, por vida tuya, Gaspar!

Yacía éste como masa de carne averiada que arrojó un matarife.

-¡Gaspar..., oyes, Gaspar!...

Le movió con más fuerza, pero en vano. Entonces, respiró ella con placer... ¡Estaban seguros! Volvió junto a Ciro, y con voz tenue, emocionada, deliciosamente cariñosa, dijo al joven:

-Ven.

Mas en aquel momento oyose una voz gutural que murmuraba en el cuarto inmediato.

Galante había oído cuando Silvina llamaba a Gaspar. Primero permaneció indiferente; luego, aquel por vida tuya, le hizo levantar la cabeza. Escuchó la voz insistente de la joven y sonrió. ¡Diantres! La pobrecilla, después de la noche alegre, estaba desvelada; y el bruto de Gaspar habíase dormido, sin duda abandonando con estúpido desvío la exigente juventud de su mujer.

Llamó a Leandra. Ésta, que dormía panza arriba como un quelonio volcado, despertó remolona. Él dijo algo que repitió con insistencia, mientras empujaba a Leandra para hacerla levantar... Despierta Leandra al fin, comprendió... Levantose y al poner los pies en el suelo toda la casa crujió.

Silvina, al escuchar los ruidos, quedó helada de susto, y Ciro, que había empezado a subir por el agujero, detúvose receloso.

-Lo que te decía..., ¿ves? -dijo ella.

-No..., no es nada...

-¡Vete..., vete...!

Sonaron pasos. Leandra, caminando a oscuras se dirigió al cuarto de Silvina.

Midió Ciro el peligro. Si estaba ella resuelta, cualquiera hora sería mejor que aquélla, sin necesidad de arriesgarse en los peligros de escándalo. Era indudable que alguien se había despertado. Persistir, permanecer allí, era comprometerse totalmente sin llegar al buen éxito. El instinto de conservación triunfó, y mientras Silvina se replegaba encogida al lado de Gaspar, deslizándose por el hueco, huyó apresuradamente hasta perderse en el bosque.

En tanto, Leandra llegó junto al lecho de Silvina, se inclinó sobre ella, la asió de una mano.

Invadida por un terror de muerte, Silvina comprendió también.

¡Era el tráfico, el horrible tráfico, desgarrándola con su inicua zarpa!

Permaneció inmóvil, fingiéndose dormida; pero Leandra tiraba de ella. ¡Ah, imposible! Pensó verse arrebatada por una ráfaga de dicha y volvía a la realidad sintiéndose empujada al asco y a la infamia. No, no iría...; ya era bastante infeliz para consentir otra vez tal canallada.

Mas Leandra la movía bruscamente.

-Silvina..., está amaneciendo. Levántate..., junta leña para hacer café...

-No puedo..., estoy muerta de sueño...

-Silvina, ¿no entiendes?... Ven..., ven.

Sabía ella que tales palabras eran un pretexto, un andrajo de apariencia con que se cubrían las intenciones. Y resistía, resistía...

Pero Leandra, apretándola, tirando de ella, consiguió levantarla, sacarla del cuarto, conducirla al otro; mientras, ella pensaba que su resistencia movería ruidos; que despierto Gaspar le empujaría también; que harían luz y aparecería delante de todos aquel agujero practicado en las tablas que ella, furtivamente, debía cerrar antes del día. Pensó, en fin, en inmenso abandono, en su desvalida soledad en medio de aquellos seres, resueltos a herirla en el corazón, a retorcerle el alma...

Entonces, en la oscuridad, un brazo de hombre la ciñó por la cintura.

Leandra bajó el colgadizo, reunió algunas astillas, que al ser encendidas chisporrotearon con movediza llama; puso a hervir el agua para el desayuno, y, en cuclillas frente al hogar, esperó el hervor, mientras en el sereno cielo empezaban a difundirse prístinas claridades de alba, los primeros indecisos colores del día, tan suaves, tan inocentes, tan puros

CAPÍTULO VI

La faz menguante de la luna habíase iniciado con abundantes lluvias.

El cielo, antes de una pureza de cristal, estaba lechoso, turbio, lleno de nubes extravagantes, como inmensos bloques grises, como cordilleras negruzcas, como alados monstruos de cabelleras flotantes.

Con frecuencia, los grandes choques de meteoros resolvían en lluvia sus conflictos, y entonces descendía caudal de espesos aguaceros que sonaban al chocar con los bosques y rugían al despeñarse por los montes, formando torrentes y turbulentos desagües.

Juan del Salto, recluido por el tiempo, estaba en su escritorio entre un mar de papeles. De uno de los encasillados del mueble había sacado un legajo que ataba una cinta elástica. Eran las cartas de su hijo.

Una o dos veces al mes cruzábanse aquellas cartas, trasegando entre Juan y Jacobo del Salto ternezas e intimidades.

Jacobo, ausente de la colonia, estudiaba leyes en la capital de España. Entonces tenía ya veinticuatro años, hallándose en el último curso de la facultad.

Juan recordaba de su Jacobo al niño vivo, dispuesto, de mirada inteligente, de juicio robusto. Poco a poco, en el curso de los años, fue siguiendo en sus cartas los progresos que operaba en su hijo la cultura del gran centro. Jacobo tenía talento: sus cartas denunciaban la desenvoltura que el cultivo realizaba en sus facultades innatas y los avances conseguidos por el estudio.

Juan estaba contento, tenía fe en lo porvenir del amado ausente, porvenir sólidamente fundado en la fortuna que para él amasaba y en la brillantez de su espíritu cultivado y una inteligencia superior.

Sacó del legajo la última carta recibida para releerla con el alma abierta a la ternura.

En aquella carta, como siempre, lo primero era el culto filial. Jacobo ansiaba el momento de fundirse con arrebatos de loco placer en los paternos brazos. Era amor de niño saturado de sentimentalismos de adolescente, era un cariño intenso, vivísimo, como un rayo de sol reflejado en un espejo.

Después, venía el suelo nativo: en todas sus cartas derramaba la miel de ese otro cariño. Un fanatismo, un culto, una adoración que le inundaba de dulzura. Él, de colonia, recordaba algo... Recuerdos indecisos, de limitados puntos que no tenían enlace, impresiones inciertas, lo más culminante: las palmas, las vastas llanuras de cañaverales, los undosos ríos, el interior de la casa paterna en día de sol. Aparte de eso tenía a su patria impresa en sus ensueños: la soñaba más que la conocía. La consideraba a través del prisma de su alma romántica. Una tierra gentil, espléndida mejor que ninguna... La Naturaleza, entonando himnos de eterna poesía; el suelo, en la copiosa dehiscencia de inagotable riqueza; los seres, gozando del privilegio de tanta dicha. Todo desde la distancia lo veía embellecido por el ensueño.

A impulso del afecto, habíase creado una patria ideal, y a ella iban todas sus aspiraciones, todos sus deseos.

Juan, cuando contestaba sus cartas, templaba con prudencia aquellos idealismos. Aunque ausente el hijo, y ya hombre, consideraba que su sensata misión de padre no había terminado. Debía prepararle para los derrumbamientos de la realidad, y con sumo tacto, sin herir sus optimismos, le enviaba perfiles de la colonia, encargándole gran cordura para formar convicciones. Y al contestar Jacobo dejaba entrever las alternativas de su ánimo. Primero, la sorpresa; después, la duda; más tarde, el desencanto. La palabra escrita de Juan era para Jacobo prueba plena, le creía con fe absoluta; pero luchaba antes de resolverse a abandonar una ilusión.

«No te imagines -decía en su última carta- que he llegado a suponer a mi tierra un paraíso bíblico. De sobra conozco que en los combates de la vida todo es humanidad. Pero no quiero ocultarte la pena que me han causado tus palabras.

»Me dices que te regocija mucho mi acendrado cariño por ese suelo; pero que no olvide que a compás de la gran belleza de su creación hay marejadas que inundan sus playas y desbordamientos que arrasan sus campos.

»Te comprendo: quieres que yo, cuando menos, tenga un asidero en la realidad. Lo que entreveo no es tan perfecto ni tan apacible como lo sueño, ¿no es eso? Convenido; no habría de ser tan iluso que aspirase a tener una tierra sin convulsiones meteorológicas. Pero a mi vez me figuro que esa llamada que me haces a la vida real es un delicado símbolo de que te vales para hacer equilibrio a mi optimismo.

»Debo ser franco: para mí ese país es el mejor de la tierra, y son mis compatriotas mis hermanos. Tú celebras en mí este movimiento de afecto; pero me hablas de las tormentas y las marejadas. Sí; veo claro. Mis hermanos flotan en las tormentas de un difícil renacimiento. ¿Qué quisieran? Una patria libre, una patria redimida por la convicción o por la sangre, una patria que imitara las heroicidades de esas otras que sacudieron el yugo que las humillaba. Mis hermanos quisieran eso, pero dudan de sí mismos; temen la derrota, les espanta el desastre. Quisieran apretar sus lazos con la patria de origen, con esta patria que yo miro aquí de cerca, tan cariñosa, tan amable, tan buena; pero el egoísmo y la codicia de malos españoles malogra sus buenas intenciones. Ésas, ésas son las convulsiones de que me hablas. Ellos son Humanidad también; también están sujetos a las leyes generales de la evolución social, a las leyes eternamente progresivas de los organismos y de los pueblos. Lo presumo, lo sé...

»De otro lado, oigo con verdadera devoción lo que me dices del patriotismo: el bien que debe hacerse al propio país no ha de fundarse ni en la mentira, ni en el engaño, ni en la adulación a las muchedumbres... Claro; entiendo perfectamente. Después de Dios, la más alta grandeza es la verdad. Estas palabras tuyas, que subrayo, me parecen espartanas y, naturalmente, me impresionan profundamente; no habré de olvidarlas jamás. La verdad, sí, la verdad dicha en el propio hogar; la desinteresada propaganda de almas elevadas, no aquella mentirosa de siervos, de mendigos, vendibles a la lisonja, al miedo, al provento. La verdad, la verdad, ¡cómo la considero la más cristiana obra de la virtud y del honor!

»Quiero hablarte también de tres párrafos de tu carta que me hicieron la impresión de un baño frío.

»Párrafo primero: ... de ese modo se pasaría lo que al ave que viera un jardín retratado en un espejo: volaría hasta chocar bruscamente con el cristal. Quiero decir que, en el cristal de mis ilusiones, veo fantasmagorías inciertas, que si no logro sacudir los optimismos, corro peligro de golpearme al chocar con el espejo, hiriéndome en el corazón y en la frente. ¡Qué triste es eso! ¿Será posible que no pueda el sentimiento crear la realidad cuando ella no existe? ¿Es que no todos nuestros compatriotas piensan como tú y como yo?

»Segundo párrafo: ... con arranques líricos no se resuelven problemas arduos, como con el aire de un abanico no se perforan cordilleras. ¿Sabes cuál fue el resultado inmediato de esas palabras? Pues romper una «Oda a la patria» que había escrito. Esta vez fuiste iconoclasta. En esa oda cantaba la grandeza de mi país, fundándola en sus opulencias naturales y en el romanticismo de una humareda de sentimientos amorosos. La rompí convencido de que era un aire de abanico que había de perderse en el vacío de la inutilidad.

»Tercer párrafo: ... porque la Humanidad es la dueña del mundo y es necesario que, engrandeciéndose, logre cuando menos merecer el esplendor de la creación... Muchas sociedades sucumben apopléticas de teorías sin haber tenido la suerte de realizar en la práctica una sola de sus especulaciones filosóficas... Los pueblos son como los individuos: más realiza quien proyecta sembrar un arbusto y lo siembra, que quien se propone levantar un bosque y se duerme en el surco... ¡Realidad!, he aquí la gran palanca... Debe preocuparnos lo que es para llegar a lo que debe ser... Con sólo cantar lo que quisiéramos que fuese no se hace camino... Traduzco de estas frases toda una crítica, y como sé hasta qué extremo amas nuestro suelo, esa crítica tiene para mí una importancia inmensa.

»Sigue, sigue explanando la doctrina que tus observaciones te han permitido formar... ¿Qué gran estómago enfermo es ese de que me hablas?... ¿Qué depresión mórbida es ésa que por herencia pasa de una a otra generación, produciendo capas sociales contaminadas y enfermas? En el religioso amor que por mi tierra siento, quiero que seas tú el Moisés: muéstrame las tablas de esa ley...»

Juan gozaba releyendo todo aquello, mientras una sonrisa benévola le alegraba el semblante.

Su hijo tenía imaginación, agudeza. Era un catecúmeno que lo amaba todo con candor de niño; mas, al mismo tiempo, un pensador que iniciaba el gran viaje por las escabrosidades de la vida. Juan le consideraba con amor infinito, como si Jacobo hubiera sido de cristal bohemio, frágil y quebradizo.

Así discurrían las horas de aquel día nostálgico. De vez en cuando, por la ventana, miraba el cielo, invadido por nubes hidrópicas que chocaban a impulso de vientos encontrados, repleto de sombríos crespones que, adelantando la noche, hacían del día un largo crepúsculo.

Los árboles, azotados por la lluvia, estaban llorosos, escurriéndose por las hojas y las ramas el caudal llovedizo y abrillantándose con la humedad el verde de las hojas. Un día penoso por el hastío del obligado quietismo, por la suspensión de los trabajos y por la pérdida del tiempo que en los cultivos producían la deserción de las brigadas de obreros que ahuyentaba la lluvia.

A Juan le contrariaba el tiempo. Era fin de junio, y la granería que adornaba los cafetos podía verse comprometida con las aguas y los vientos. La cosecha se presentaba con preñez exuberante, mas algo perezosa, prometiendo una tardía maduración. El año había sido muy lluvioso y ya bastaba.

Con estas reflexiones acercose a la ventana. Las cumbres de la finca de Galante desaparecían bajo un nimbo de nubes; un cortinaje color de leche que descendía hasta las selvas, resolviendo en agua la eléctrica tensión de sus volutas,

En la finca de Juan no llovía entonces. Una corriente de aire alejaba los nublados como un fumador las espiras de humo. A pesar de la flagelación llovediza, los cafetales y las plantaciones de banano sonreían, irguiéndose felices con el fecundo regadío. Y Juan, siempre con aire de protesta resignada, abarcaba el paisaje, rebosante de vida y de nostalgia.

De pronto dejáronse oír rumores de disputa y escuchose la voz de Montesa.

Juan asomose al balcón situado en otra fachada de la casa. Apenas se hubo asomado vio a Montesa entre varios campesinos que escampaban los chubascos debajo de los aleros de la casa de máquinas. El mayordomo manoteaba furiosamente, dando empujones a los campesinos. A uno de ellos que contestó con acritud, Montesa, colérico, le cruzó la espalda con un látigo. Los campesinos vociferaron con enojo, mientras el mayordomo parecía dispuesto a proseguir...

-¡Montesa..., basta! Sube al instante.

Montesa, con sumisión de colegial, subió a la casa.

-¿Qué es lo que cien veces te he repetido? -dijo Juan.

-Señor...

-¿Cuántas veces necesito insistir para ser obedecido?

-Es que...

-Es que..., nada. Lo que acabas de hacer es bárbaro, arbitrario...

-El motivo fue que...

-Cualquiera que sea el motivo; cualquiera que haya sido la falta de ese hombre...

-Pero escúcheme usted, don Juan. Con esta lluvia, todo el día perdido. Esta mañana dejaron ésos el monte; escampó y les hice volver... Después del almuerzo pasó lo mismo, y hace una hora corrieron por tercera vez a escampar ahí debajo. Pasó el aguacero y volví a mandarlos al monte. Se negaron; pero me hice respetar, y la mayoría de los trabajadores se dispuso a seguir la tarea. Llueve mucho, la hierba nos pisa los talones, no podemos descuidarnos. Pues cuando todos volvían al trabajo, Inés Marcante, ese mequetrefe, que le pide permiso a una pierna para mover la otra, se opuso. Empezó con guaperías y quitó a los otros la buena intención. Cuando vi que no cumplían mi orden, mandé a ese tipo que despejara. No quiso y le empujé. Me dijo una mala palabra y le arrimé un cantazo... Eso fue todo.

-No quiero discutir si era o no justa tu orden. La verdad es que con este tiempo las plantaciones son torrentes, y los hombres están en peligro de enfermar. ¡Son seres humanos como tú y como yo!...

-¡Ca!... ¡Buena tropa son ellos!...

-Pero suponiendo que tu orden fuese razonable, levantar la mano para un hombre es cosa repugnante que no quiero, te lo he dicho cien veces, en mi finca.

-¿Y cómo arreglárselas con ellos?

-Si te desobedece alguno, despídele; si te falta, múltale, y si te injuria, acude al comisario.

-Bien; sí. Muchas veces usted me ha ordenado lo mismo, pero...

-Pero ¿qué?

-Eso no da resultado; lo sé de viejo. Dándoles hasta que les duela, ceden y se ponen como barbas de maíz. Los más guapetones se hacen humildes. Para sacar partido de ellos no queda otro remedio.

-Sí queda... Quedan la convicción y las buenas palabras.

Montesa sonreía con incredulidad.

-La violencia envilece o desespera. Si tratas así a los hombres que están bajo tus órdenes, les convertirás en idiotas o en iracundos, y en ambos casos... no serás amado.

-¡Ah, si yo mandara!

-Si tú mandaras, serías bonitamente un tirano.

-Es que yo conozco a esa gente, don Juan...

-Por esa misma razón debes atemperarte. ¿Les conoces como incapaces de convicciones, como desprovistos de nociones del deber? Pues si les injurias, si les oprimes, si no respetas en ellos su ciudadanía libre, no estableces diferencia entre su modo de obrar extraviado y el tuyo sensato.

-Mientras no se barra toda esa chusma...

-¡Ea, cállate! La represión por sistema es odiosa e inútil. Sólo produce encono, malestar, idiotismo. El despotismo hace fango, y en ese fango, por ley fatal, se anega el déspota. ¡He dicho que basta! Por última vez: en mi finca no estoy dispuesto a tolerar tamaña mengua.

Montesa bajó cariacontecido... ¡Ya! ¡Buen avance con tantas delicadezas! Don Juan era un caballero y juzgaba por sí a los demás. Su sistema era mejor: a los borricos, palo. ¡Si a lo menos tuvieran conciencia de lo que es la obligación! De ellos no había nada que esperar. Se comprometían a una faena, la abandonaban; prometían llegar a una hora fija, faltaban a la cita; no se identificaban con el dueño. Y luego sin hogar, sin casas abrigadas, sin método de vida y descalzos. Bestias pidiendo a gritos el rebenque. Y, malhumorado, no pensó más en reanudar aquel día los trabajos.

En el grupo de campesinos estaba Marcelo. Con aspecto exangüe, la mirada vaga, la boca entreabierta y el pecho hundido, ocupaba, como de costumbre, un sitio alejado del bullicio.

En aquellos días había sufrido mucho; una debilidad general, acompañada de palpitaciones, le hacía caminar vacilante, dejándole poco menos que inútil para el trabajo.

Después de aquel domingo en que le hicieron beber, estaba aún más melancólico. Cuando Ciro le condujo a la choza durmió doce horas de sueño profundo, estertoroso. Al siguiente día, al despertar, todos los recuerdos cayeron sobre él como azotándole con las inquietudes del remordimiento. Sentía dolor de la falta cometida. ¡Qué había hecho! Repetir la terrible prueba que le llenaba de espanto sin haber resistido bastante las pretensiones de los ociosos de la tienda. Había hecho mal, muy, mal, debió reñir antes que ceder. Al salir Ciro para su trabajo había dejado la puerta abierta. Marcelo miró hacia afuera, y el sol le deslumbró. ¡Qué pesadez, qué cansancio! Le parecía tener la cabeza hueca y una peonza bailándole adentro. Le pareció el día abrumador, bochornoso; la polvareda de átomos de oro que bajaba del sol le hizo ingrato efecto, obligándole a cerrar los ojos.

Sentose con abatimiento en el umbral, y de nuevo desfilaron los recuerdos. Toda la escena del domingo renació en él con sus alternativas, con sus detalles, con sus emociones encontradas, apretándole el corazón. ¡Ah, nunca, nunca más! Aunque le burlaran, aunque le hicieran pedazos, no bebería...

De pronto sintió una viva inquietud, un recuerdo en forma de flecha se le clavó en la carne. Andújar... Gaspar... Deblás... El diálogo del ranchón... ¡Dios santo! ¡Qué terrible era aquello! Recordó que acostado detrás del ranchón había dudado; ¿callaría?, ¿avisaría a Andújar el peligro que le amenazaba? Recordó que se había prometido callar: ¿quién le metía a él en asuntos ajenos? Pero ¿y si mataban al otro? ¿No era infame poder evitar y callar? Recordó que después de vacilar mucho había pensado en Juan del Salto, en sus palabras, en la complicidad del silencio de que le habló una noche. Y recordó que, finalmente, habíase resuelto a evitar el tremendo atentado. Luego, sin haber dado forma al proyecto ni saber de qué manera hablaría sin comprometerse, vino su lucha con los campesinos y su borrachera.

Ahora estaba allí, solo, sin estorbo; había que resolver. Quedose pensativo, reflejándosele en el semblante las ideas penosas. Lo natural era correr a la llanura, al poblado, presentarse a la justicia, contárselo todo. «Señor juez, en mi barrio quieren matar a un hombre...» Sí, derecho al tronco. Pero, ¿y luego? Vengan las pruebas: «Señor juez, yo oí cuando dos hombres se apalabraban para ese crimen...» Y ¿cómo se prueba sin testigos que es cierto lo que se oye? De todos modos, la policía, el alboroto; presos Gaspar y Deblás. Y ¡quién sabe si él preso también! Gaspar y Deblás, claro, negarían. «Señor juez, ésa es una mala voluntad que nos tiene Marcelo; lo que dice es una calumnia.» ¿Cómo probar que era cierto? Y si no se prueba, todo el mundo a la calle, y entonces, en el monte, los dos asesinos le caerían encima. ¡No, no haría eso! Las consecuencias que de una denuncia a la justicia pudiera tener le amedrentaron, su torpeza pusilánime no le permitía concebir la acción reparadora de la ley cumpliéndose sin peligro para los buenos. Temió caer en manos de polizontes, ser castigado por delitos que no había cometido, y al pensar que se vería traído y llevado en declaraciones y careos y encerrado en una cárcel, sintió la contrición del pavor. No; aquél era el peor camino.

A la idea de la justicia sustituyó otra: Juan del Salto. Recordó sus palabras de aquella noche, sus benévolos consejos. Iría a su finca, le relataría la trama. Sí; Juan del Salto era el hombre. ¿Qué resolución tomaría? ¡Dios lo sabe! Después de la sorpresa, la indignación, como cuando le refirió lo de la pedrada de Galante. Después, indudablemente un parte al juez. ¡Siempre el juez con su batallón de escribanos, de policías, de carceleros! Señor juez, me ha referido Marcelo esto, lo otro y lo de más allá... Y hete a Marcelo cogido, obligado a denunciar a los otros, a declarar toda la historia, corriendo los peligros de la venganza de los asesinos. De ese modo también iría a la cárcel, al antro de que tenía tan espantosa idea; en donde la enfermedad mata pronto a los más fuertes; en donde la piel se pone tiñosa y el cuerpo se hincha y se agrieta para manar agua infecta; en donde los presos se destrozan, revolcándose entre vicios repugnantes e hiriéndose con pedazos de vidrio o con armas furtivamente introducidas en el patio grande.

Marcelo entonces experimentaba desaliento, amargura, que le agobiaban, llenándole los ojos de lágrimas. ¡Caer en la cárcel! ¡Verse envuelto en un proceso! No le ocurría que en los hechos la responsabilidad no era suya; pensaba que con haber escuchado el pacto del crimen había delinquido. No confiaba en la energía de la honradez levantando la frente, declarando la verdad, serena en su inocencia. No raciocinaba con la lucidez de quien tiene conciencia exacta de las cosas: ¿era inocente?..., sí; ¿había cometido algún crimen?... no; pues el hombre honrado nada teme... ¡Adelante!... A perseguir a los malvados; la inocencia se levanta siempre diáfana en los combates del mal.

Después quedose abismado, como quien busca el resorte de un difícil mecanismo.

Al fin pensó en Andújar y sintiose aliviado. Sí, aquél era el camino. El interesado, la presunta víctima, la persona a quien convenía eludir el peligro. Andújar tomaría precauciones, pondría en práctica medios de defensa que le libraran de la asechanza; y él, Marcelo, cumpliría con un deber de conciencia evitando un crimen sin necesidad de dar la cara. Andújar era primo de Deblás, le había ocultado, sostenido con dinero y ropas; era, en suma, su encubridor. No era posible que le delatase; buscaría otros medios de defensa menos ruidosos. En último caso esperaría la noche elegida a los asesinos, les haría frente, les mataría en defensa propia, y para nada de eso necesitaba del joven. Podía, pues, hablar con Andújar, referirle el complot, exigiéndole, por supuesto, que no le sacara a relucir, que le dejara en la sombra, sin exponerle a la venganza de los otros.

En esas cavilaciones pasó gran parte de la mañana. Luego sintió el gran vacío de su estómago, recóndita necesidad de reponer fuerzas perdidas, y abandonó la choza, perdiéndose en el bosque.

A partir de aquel lunes, todos los días vacilaba. Confiaba en que hasta el primer día de luna nueva no había temor.

Cada vez que pensaba en el asunto recorría mentalmente la gama. Primero un dilema: ¿callaría, dejando hacer?, ¿hablaría, evitando un crimen? Después, siguiendo el partido de hablar, tres caminos: el juez, Juan del Salto, Andújar. Y le sorprendía la noche sin resolver. Se inclinaba a Andújar, que estaba más a su alcance, que era hombre familiarizado con los campesinos, que inspiraba menos respeto y cumplimiento. A despecho de esa inclinación, vacilaba. Todavía paciencia, ya llegaría el momento en que encontrara solo a Andújar, en que pudiera hablarle sin inspirar sospechas.

Así pues, el día de la gran lluvia, cuando escampaba bajo los aleros de la finca de Juan, nada había hecho todavía. Varias veces en la tienda sintió impulsos de terminar, pero se dominaba. No, todavía no...

Cuando Montesa abofeteó a Marcante, Marcelo alejose con timidez. Él nada tenía que ver en el asunto, estaba dispuesto a obedecer; que se las arreglaran ellos. Cuando todo pasó quedose con aire abobado contemplando un lugar incierto del cielo.

Sin embargo de la gran lluvia, la atmósfera estaba cargada y el montón de nubes negruzcas discurría como legión de corceles desbocados. Del río se elevaba un gran rumor, un estrépito de cien batanes azotando las aguas.

De pronto cundió la alarma... Juan del Salto, Montesa, todos los campesinos corrieron cerro abajo hasta alcanzar la barranca de la ribera. ¡El río!... ¡El río!... Era la hinchada descarga de la creciente que descendía furiosa de la sierra.

Un cúmulo colosal de agua había roto su dique, y por la peñascosa cuenca rodaba con fuerza inaudita. El torrente precipitábase en una carrera sin freno, aullando como can enfurecido, retorciéndose como gigantesca serpiente, resuelto a romper la estrechez del canal que lo encauzaba. El aire se estremecía, invadido por el estrépito, y sus sacudimientos bufaban como si en aquel momento descargara un odio secular. Las aguas eran fangosas, rojas; chocaban impetuosamente con las laderas, produciendo enormes derrubios que ensanchaban el cauce; desplomábanse espumosas por los declives o giraban arremolinándose en un laberinto de círculos concéntricos; socavaban la base de las peñas, reflejándose como surtidores hasta desplazar el obstáculo; rugían, en fin, con ira de chacal encadenado.

El torrente parecía sangriento, como si habiendo recibido una estocada la cordillera se desangrara por aquel cauce, por aquel canjillón iracundo por donde corría la muerte, poblando de rugidos la montaña y sacudiendo el caudal contra los obstáculos; una muerte de rojo semblante que descendía de la cordillera barriéndolo todo.

Multitud de campesinos en las dos orillas lanzaban gritos prolongados que difundían la alarma. De vez en cuando el sonido lúgubre de una bocina avisaba el peligro: era un caracol en cuyo cóncavo la voz humana se reforzaba, tomando proporciones de eco grandioso, de terrible sentencia de los dioses.

Agitábanse los campesinos con susto y curiosidad. ¡Sube..., sube..., sube! Seguían los progresos de la creciente, cada vez más impetuosa; huían de los desprendimientos de las orillas, derribadas por los arrastres; manoteaban aspaventosos ante la conflagración que les amedrentaba. Era la muerte que desde las cumbres bajaba desolando la tierra.

Arrancaba el ímpetu troncos de árboles, grandes ramas todavía verdeando bajo el hojambre, pedruscos que volteaban sobre sí mismos como si hubieran sido lanzados por el puntapié de un coloso, restos de viviendas ribereñas sorprendidas por la creciente, arrebatadas por su pujanza. El color rojo de las aguas era interrumpido por el color gris de los objetos. Una isla de malezas que entre sus raíces retenía piedras y terrones desembocaba a veces en lo alto del canjillón, era un tránsito breve, momentáneo. A poco desaparecía a lo lejos obedeciendo al ímpetu de traslación y dando volteretas a favor de los remolinos. ¡Sube..., sube...! Y los campesinos temblaban por la suerte de sus compatriotas avecindados más arriba, en los bohíos de la montaña, o más abajo, en las casitas del valle.

Oyose entonces un grito de espanto. En una depresión del terreno que a orillas del río formaba una pequeña vega estaba una cabra atada a un árbol. No se temió al principio que las aguas alcanzaran aquel nivel; pero bien pronto un nuevo golpe de la creciente invadió la vega. El dueño de la cabra, un chicuelo de catorce años, vio que la corriente iba a arrebatarle su tesoro..., ¡acaso su único caudal! Sin medir el riesgo penetró en el agua, alcanzó la cabra, y en el momento en que, cortada la atadura, aquélla salía ilesa del peligro, el muchacho dio un traspié, cayó de bruces, se incorporó vacilante, volvió a caer, y fue, por fin, arrebatado por el torrente.

Un grito de espanto salió de todos los pechos, y el muchacho, volteando en el agua, logró asirse a las ramas de un árbol que, inclinándose sobre el cauce, mojaba el ramaje en la corriente.

La situación era crítica: el árbol podía ser derrumbado, y el chicuelo, sin fuerzas, hundido para siempre.

Entonces pasó algo hermoso, radiante... Juan del Salto sintió asombro, no sorpresa; muchas veces había él presenciado cosas parecidas. Inés Marcante, el que acababa de recibir los latigazos de Montesa, saltó desde la orilla izquierda al agua. Casi simultáneamente saltaron seis campesinos más. El monstruo líquido tuvo que romperse para dejar penetrar en su seno a algunos jirones de Humanidad ennoblecidos por la grandeza de los héroes.

Un pasmo sin palabras dejó suspensos a los circunstantes. En las ramas del árbol oblicuo, el chicuelo; en la superficie de las aguas, luchando con resuelta audacia, los campesinos; en torno, el rugiente caudal barriéndolos. El árbol, por un capricho de la vegetación, nacía en el flanco de la barranca; desde el borde del árbol era imposible descender sin el auxilio de cuerdas o largas perchas; el peligro que el chicuelo corría era inmenso.

De los siete nadadores, dos a punto de ahogarse viéronse obligados a ganar la orilla; cuatro, a diferentes distancias, pugnaron por atravesar el cauce; sólo uno, Inés Marcante, más diestro, más ágil, más afortunado, llegó al árbol, sujetó al muchacho por un brazo y le montó en la más gruesa rama. Después montose él, arrastró al náufrago por el tronco y esperó el auxilio de los campesinos situados en la orilla derecha. Luego, ya en tierra, le acostó a la larga y comenzó a darle friegas. Los otros salvadores salieron al fin, y a la consternación de las gentes siguió un clamor de victoria.

Sintió Juan que el pecho se le dilataba, inundado de gozo. Aquello había sido un rayo de luz en la noche de su pesimismo, una flor nacida entre ortigas, un ágata en el pantano.

El río, en tanto, en su carrera loca, continuaba despeñándose, envolviendo en espumas las márgenes y destruyendo las plantaciones ribereñas. Juan, seguido por Montesa, recorrió aquellos lugares y pudo darse cuenta de la importancia de los daños. Algunos cafetos derribados y algunos malecones contentivos de los terrenos, destruidos por las aguas.

Después, anocheciendo, dispersáronse los campesinos; unos que viven en la orilla derecha, obligados a pernoctar en la izquierda; otros avecindados en la izquierda, en el caso de hacer noche al otro lado.

Para nadie faltó café: alarde hospitalario dominó el concurso, y bien pronto el suelo de palmas de las chozas sostenía a los durmientes extraños y a los caritativos anfitriones.

Juan regresó pensativo. Sus meditaciones iban a tener ancho campo; su espíritu de sutil observador, recientes impresiones.

Al llegar a la casa dijo a Montesa:

-Y bien: ¿qué te han parecido Inés Marcante y sus compañeros?

Montesa quitose el sombrero, rascose el occipucio, dudó un momento y dijo:

-Pues me han parecido... que... Vamos, que esos diablos casi me han hecho llorar.

Una hora después era noche cerrada. El río, aunque cediendo en su furor, rugía siempre, mientras las sombras lo encapuchaban todo. Ni una estrella, ni un celaje: sólo algún trueno lejano difundiendo su detonación elástica. Era una noche tétrica: el cielo negro; la tierra, negra; el vacío, negro también, como si todo se enlutase por la ausencia del sol. De la tierra levantábanse húmedas condensaciones; la gran esponja terrena, henchida por la lluvia, devolvía con hartura en invisibles nubes de riego fecundo.

La Naturaleza reposaba de los desastres del día, elaborando en sus senos recónditos los primores de su materna gestación.

CAPÍTULO VII

Marcelo sentíase aliviado. El gran secreto cuya posesión le abrumaba era ya conocido de Andújar.

En una ocasión propicia tuvo resolución bastante para hablar. Fue a medio día; la tienda, solitaria; el dependiente, distraído en la carga de una recua; todo se hizo fácil.

Por la puerta posterior llamó al tendero, quien, al notar el aire misterioso del confidente, sintió una curiosidad a la altura del misterio.

Marcelo, después de mil circunloquios, entró en materia.

-¿Palabra de honor?

-Sí.

-¿A palabra de honor que no me comprometerá usted?

-Sí, hombre...

-¿Por su madre?

-¡Por mi madre!

-¿No dirá usted nunca que le avisé?

-No..., no... ¿Acabarás? A palabra. Te guardaré el secreto. Pero di, ¡caramba! Reviento de curiosidad.

Marcelo entonces, sin omitir ni un detalle, derramó todo el secreto.

Palideció Andújar. ¡Robarle..., asesinarle! ¡Canallas! Haber amparado al desertor, al pillete de su primo, librándole cien veces de las persecuciones de la Guardia Civil para que ahora le hiciera víctima de tan miserable trama.

Dudó si sería verdad lo que Marcelo relataba.

¿Qué interés podía impulsarle a mentir? Sí; todo era cierto. Marcelo era un pobre chico, incapaz de embuste semejante. Le conocía, y no dudó: era evidente que le preparaban una asechanza.

En tanto tiempo de residencia en la comarca, jamás le había asaltado temor alguno; aquélla era una buena tierra, sin alimañas, en donde se vivía en paz. Alguna que otra ratería. Eso a lo sumo.

Pero sin duda su prosperidad despertaba la envidia de su pariente, y éste arrastraba al bárbaro de Gaspar a la maquinación en proyecto.

No había que confiar demasiado; su casa estaba casi desprovista de seguridades: delgados tabiques de tablas, puertas cerradas con débiles trancas o con cerraduras iguales a las de todo el mundo. Nada más fácil que romper una ventana o desplazar una puerta y, una vez dentro, desvalijarle. ¡Ah, buena suerte fue para él la lealtad de Marcelo!

Por aquellos días andaba Andújar preocupado con importantes negocios que le desviaban de los acostumbrados.

Galante, el rico propietario, habíale propuesto algo tentador... No era cosa de echar canas en el monte: que siguieran los cafetos derramando oro; lo conveniente era emprender especulaciones en la llanura.

Galante desarrolló ante Andújar un vasto plan de negocios de víveres y banca, proponiéndole establecer a orillas del mar una Casa comercial que se llamara «Andújar y Galante».

Un negocio de grandes alcances, de grandes ímpetus, de grandes vuelos, un negocio que si prosperaba sería avasallador, absorbente, soberano.

Sentíase el tendero muy ancho con el proyecto; cierto cosquilleo de ambición desenvuelta hasta más allá de lo que había soñado le desvaneció, llenándole de orgullo. El negocio en gran escala, barrer los frutos, estibarlos en bodegas de barcos, lanzarlos a ultramar, y luego recibir la corriente de riquezas derivada de los cambios, de las Agencias, de las comisiones, de multitud de ventajas. Los hombres listos debían ensancharse, abarcar horizontes. Que quedaran en la montaña los reclutas del comercio, los principiantes, los pobres diablos del centavo.

Otro negocio traíale también pensativo. Cerca de la tienda estaban emplazados los terrenillos de la vieja Marta... ¿Por qué no comprarlos? Aseguraba la gente la existencia de buenos pesos duros enterrados allí. Él, por sí mismo, había podido observar cómo los ingresos de la vieja se evaporaban sin que se conociera su empleo. Estaba convencido de que la compra del cerezal, era un buen negocio. Sin embargo, cuando se arriesgó a proponer la transacción mostrose Marta hostil, reacia, huraña. Era preciso esperar, tener paciencia. Acaso algún día se lograra convencerla. Esperar siempre sobre aviso: tal era el secreto. Y esperando pensaba Andújar en el negocio propuesto por Galante y en el otro del cerezal.

Así su ánimo recibió la tremenda noticia de Marcelo. Dio las gracias al joven apretándole una mano y dando por saldada la cuenta que tenía en la tienda: cuarenta o cincuenta centavos en salazones.

Luego meditó mucho tiempo; a defenderse, a salvarse del golpe de mano. No era aficionado a andar envuelto en papeles de justicia: a lo mejor tira el diablo de la manta y se alborotan asuntos viejos...

Lo importante era poner a buen recaudo el dinero que guardaba en el arcón y librar el pellejo.

En el poblado, en la caja fuerte de un amigo, tenía algunos miles de duros. Cuando las ventas le acumulaban dinero, transportábale enseguida, oscilando el caudal guardado en el arcón entre ochocientos y mil duros. Aquella vez estaba repleto: mil quinientos, entre oro y plata.

Era necesario, pues, sustraer el dinero de la rapiña de los otros.

El asunto era fácil: tenía un buen caballo, le aparejaría en albardas, y furtivamente desfilaría.

De ese modo, dinero y humanidad se librarían en la noche aciaga del peligroso trance.

Pero ¿y la tienda? Romperían una cerradura, penetrarían, robarían... ¡Bah!... ¡Mucho podrían robar tratándose de artículos groseros! Barriles de bacalao, sacos de arroz, canastos de patatas, alguna que otra pieza de tela ordinaria y el montón de baratijas que deslumbraba a los monteses. ¡Que robaran aquello! Al día siguiente del fijado para el asalto volvería a su casa, y si cometían la torpeza de robarle sabría encontrar pronto el escondite: cualquier tenducho de la comarca, que registraría a sus anchas. Eso en el caso de que hubiera necio capaz de hacerse cómplice de la ratería comprando a bajo precio el botín. Lo que ellos buscaban era dinero, onzas de oro, si nada hallaban escurrirían el bulto, aplazando para mejor ocasión la tentativa.

Andújar formó su plan: el primer día de luna era el siguiente; lo tendría todo listo; a las siete, después que el dependiente se marchara, arreglaría su caudal, y con las primeras sombras se evaporaría. Después... que ardiera el mundo. Al cabo, el peligro duraría poco, puesto que el plan de Galante le imponía un cambio de residencia.

Libre Marcelo del fardo del secreto, encerrose en su cabaña, decidido a no salir de ella en tanto que no se resolviera la tempestad. Tuvo aquella noche una pesadilla atormentadora, sofocante: soñó que estaba atado a un árbol junto a un torrente de sangre que arrastraba cabezas cortadas; que el nivel del turbión subía poco a poco, y cuando ya en el suplicio de la lucha le llegaba a la cintura, despertó lánguido, fatigoso, como recién llegado de larga jornada.

En la misma tarde de la confidencia, ya ultramontano el sol, Gaspar y Silvina se hallaron solos en la cabaña de Leandra. Ésta había bajado a la tienda, llevándose a Pequeñín para bañarle de paso en el río, que después de la última avenida estaba placiente, sosegado, como quien, habiendo tenido un ímpetu genial, se propone al día siguiente mostrarse amable con todo el mundo.

Gaspar, sentado en la piedra que frente a la casa servía de escalón, entreteníase en dar cuchilladas al suelo o en dividir en dos alguno que otro pequeño lagarto que pasara a su alcance. Cuando esto sucedía, contemplaba sonriente la agonía del pobre animal, cuyos pedazos se agitaban convulsos.

Silvina, sentada en el umbral, con las manos hundidas en la falda, recorría el paisaje.

Gaspar, siempre adusto, habíase mostrado últimamente muy cariñoso. Regaló a Silvina unas medias rojas y un collar de cuentas de vidrio; la tinaja de Marta, salteada poco a poco, pagaba el despilfarro.

Mas Silvina sabía lo que aquella faz del carácter de Gaspar significaba: algo muy fuerte quería imponerle, Recibió los magníficos presentes con recelo, y cuando oyó que Gaspar le llamaba mi negra cayó en el desconcierto del miedo. Tan inusitado cariño traería cola, y ella, habituada al infortunio, experimentó, antes que alegría, inquietud; sobre todo el recordar el terrible negocio de que su marido hablaba con frecuencia.

-Debemos pensar -dijo Gaspar, continuando un pensamiento- que en estos campos nos morimos de hambre. Toda la vida reventándonos por estas cuestas; ¡valiente diversión! No tenemos hijos, pero hay que buscarse mejor vida. Necesitamos ser propietarios... ¿eh? No aquí, por supuesto; aquí no pueden vivir más que los murciélagos. Allá, en la bajura, o en la otra costa, o más lejos. En un país que dicen queda cerca, como a dos días de viaje por mar. ¿Sabes adónde? En ese país adonde se escapan los esclavos. Conque ya lo sabes me meto hasta el cogote en el negocio que me produzca lo necesario para establecerme lejos de estos arrabales. Yo creo que ése... debe tener ahí... más de tres mil pesos.

-¿Quién? -dijo ella con azorado acento.

-Andújar...

Silvina se llenó de consternación. ¡Ah, no había abandonado el tremendo propósito!

-Pues sí, hija: hay que sacudir la morriña y buscar fortuna. Con lo que nos pueda tocar nos las guillamos. Pero, vamos, di algo mujer.

-Ya te he dicho bastante. La gente honrada...

¡Barajo! Tú estás recién nacida, muchacha... ¿Y es así como vas a ayudar? -añadió él, viendo que ella prorrumpía en sollozos-. Yo no me vuelvo atrás, ¿eh? Llorar y na, pa mí es lo mismo. Vamos... ¡Cállate! Óyeme y verás cómo es la cosa más fácil del mundo. Sin comprometernos, en un dos por tres, nos metemos en cuartos.

Sollozaba Silvina. ¡Imposible! Lo que de ella exigían era un crimen. ¿Por qué no la dejaban tranquila? ¿Por qué arrastrarle, hacerla cómplice de tal barbaridad? A las mujeres se las debía considerar y no empujarlas así a todo lo malo.

-Deblás y yo -continuó Gaspar- lo tenemos todo arreglado. Temprano rondará él por la tienda: cuando el tío duerma vendrá a reunirse con nosotros a Palmacortada: ahí, junto al risco. Después bajaremos a la tienda. ¿Qué? La cosa más fácil. Se asegura a ese bandido, se rompe la cerradura del baúl y se parte por la mitad lo que haiga. Pasado mañana, mucha serenidad, y dentro de dos o tres días, pies para qué os quiero...

Silvina temblaba. El frío relato de Gaspar causábale espanto. Dolíale la vida en aquel momento. Hubiera querido morir para librarse de aquella inquietud.

-Con respecto a ti, si bien, bien, y si no, también. Quiero que nos acompañes, y con eso está dicho to...

-Pero lo que tú quieres es espantoso. ¿Cómo yo tu mujer, tu mujer por la Iglesia, una mujer de bien que nunca ha robado, va a estar conforme con semejante tropelía? ¿Cómo es posible que yo tenga valor para tanto? ¿Cómo es posible que una infeliz...?

-¡Bah!... Mira, no seas pendona...

-... Sí, debía impedirlo para salvarte de esa tentación, de esa locura que te ha dado...

-¡Dios te libre!

...y contar la cosa, no guardar el secreto, para que te contengas...

Levantose Gaspar de un salto, y asiendo las manos de Silvina las apretó con fuerza.

-Por eso... por eso mismo quiero que vengas, que te comprometas tú también, para que no cantes...

-¡Ay! ¡Ay!... ¡Me estás haciendo daño!... ¡Suéltame!

-... para que te veas obligada a callar...

-¡Suéltame!

-... para que no puedas venderme.

-¡Ay!

-¡Pobre de ti si me desobedeces!

-¡Gaspar, Gaspar!... ¡Me partes los huesos!

-Soy capaz de agarrarte por el pescuezo y retorcértelo, ¡bribona! Aquí mando yo. Tú, a callar y a obedecer...

Silvina logró al cabo desasirse. Estaba aterrorizada, vacilante de susto. ¡Dios santo, aquel infame era capaz de matarla!... Era preciso tomar una resolución, aquella vida no podía durar más tiempo. Su marido la ordenaba una iniquidad, y los maridos que empujan al delito no tienen derechos que invocar. Mas ¿cómo librarse, a quién acudir? Volvió la zozobra a resolverse en lágrimas. Lloró, lloró con infinita amargura, sintiéndose sola en el mundo, abandonada de todos.

Gaspar sacó del cinturón un cuchillo que en una vaina de cuero llevaba.

-Toma -dijo a Silvina-. Coge en tu mano este cuchillo.

-¡Por el amor de Dios, Gaspar!

-Cógelo en tu mano... Eso es... Ahora yo cojo tu mano dentro de la mía. Así... Pues mira, si tienes el atrevimiento de desobedecerme en los más mínimo, tu misma mano, empujada por la mía, te clavará este pincho en el corazón. Vete ahora, anda... Cuéntale a todo el mundo lo que tu marido tiene entre manos. Anda, ¡atrévete!...

Tenía Silvina el alma en un yunque; con la mirada vaga, el semblante bañado en lágrimas, los brazos caídos, fue presa de angustiosa congoja. Lloró mucho tiempo, hasta que fue de noche, hasta que volvió Leandra, que viéndola llorar todos los días no daba importancia a su llanto, hasta que Gaspar se tumbó en su lecho de trapos para roncar a poco gargarizando el aire.

Luego, solitaria en el umbral, pensó en Ciro, la única pincelada azul en sus amarguras. Ciro la amaba, la perseguía. Su cariño era continuo, constante, a prueba de contrariedades. Él fue quien la despertó a las primeras ilusiones, quien la encadenó en el sentimiento del primer amor. Todo inútil. La desgracia colocó entre ambos el obstáculo.

Cuando los primeros ultrajes del infortunio hirieron su inocencia, Ciro lo ignoraba todo. Más tarde, cuando la condujeron a un desposorio repugnante, y ella, sin albedrío, sin conciencia de sus actos cedió, Ciro fue consecuente, siguió amándola, persiguiéndola, invitándola cien veces a seguirle, libre de preocupaciones, por el camino de la felicidad. Ella le amaba, era idealmente suya. Pero, ¡ah!, siempre interpuesto Gaspar como odiado estorbo... Muchas jóvenes de la comarca se entregaban sin fórmulas nupciales, cediendo un día a la pasión, para ceder otro al capricho; abandonando con alegría o dejándose abandonar sin dolor; eligiendo nuevo esposo entre la turba de seductores cada vez que las circunstancias lo exigían. Observaba que algunas jóvenes campesinas legalmente casadas no daban importancia al lazo, considerándose tan libres que en un día de discordia abandonaban al esposo, entregándose a otro amador, mientras el legítimo marido buscaba otra hembra rendida a quien poner en el lugar de la fugitiva. Y los rompimientos, las soldaduras, realizadas sin extrañezas, sin desolación, como la cosa más natural del mundo, que a nadie causaba rubor ni deshonra. Silvina recordaba la historia de otros hogares y sentíase impulsada a imitar la conducta de otras, huyendo, alzando el vuelo. Ella tenía en su corazón el sagrario del cariño, el ansia de la dicha. La casucha de Leandra no era su hogar, el rincón de su encanto, el nido de su fe. Allí estaban el dolor, la tiranía, la brutalidad, acaso el hambre. ¿Por qué no huir? ¿Qué le importaban a ella obstáculos que la cabeza y el corazón querían romper? ¿Por qué no escapar con Ciro, su amado, su ensueño, su idolatría, a quien, después de tantas desdichas, no había de premiar perteneciéndole?

Mas entonces, ante ella, se alzaba el fantasma. Allí, pocos momentos antes le había propuesto una infamia; por allí cerca era casi seguro que rondara Ciro, acechando constantemente una ocasión, más enardecido y resuelto desde la noche que desplazó las tablas: esperándola, esperándola siempre... ¿Por qué, pues, volvería? Estaba sola; todos en la casucha dormían; la noche agitaba afuera los invisibles brazos del vacío; la ocasión era tentadora, irresistible. ¿Por qué dudaba, desfalleciendo su valor?

Era que una voluntad más fuerte dominaba a distancia. ¡Huir! Pensaba con horror el rebelde sacudimiento. ¡No; Gaspar la mataría! Iría tras ella, la alcanzaría, clavando en ella la mirada de sus ojos dominadores. Imposible, no tenía resolución para tal audacia.

Entró luego en la choza y, aplicando al hueco de la puerta la hoja de palma, fue a tenderse en su parte de estera, en el soberbio tálamo que le habían deparado la miseria y la infamia.

Al día siguiente la tienda se cerró temprano. Todos los días el dependiente solía llamar a Andújar al alba. Éste abría y reanudábanse los trabajos. El tendero estuvo todo el día inquieto, nervioso, meditando su fuga. Pensó que escapando por la noche no podría regresar hasta muy entrada la mañana, y dio al mancebo la llave de una de las puertas, ordenándole que muy temprano abriese, como de costumbre, y esperase su regreso. Pretextó quehaceres urgentes en el poblado, y todo fue dicho después de cerrada la tienda, cuando el dependiente, bostezando, no pensaba en otra cosa que en dormir la grasienta fatiga del día.

A poco, Andújar quedó solo. A la derecha de la tienda había un establo, detrás del cual, sobre un lecho de paja, dormía un caballo. En breve tiempo le trajo del ronzal, le aparejó con albardas, colocó cuidadosamente en ellas dos paquetes muy atados con cordeles, guardose el revólver en la cintura, cerró con llave la puerta de su cuarto, en la fachada posterior; guardó en el bolsillo de su chaqueta la llave, y de un salto quedó sentado sobre la montura, colocándose debajo de una pierna un afilado machete.

En tanto, discutía mentalmente consigo mismo las ventajas de su determinación. Tenía buenos amigos en el poblado; se hospedaría en casa del más discreto, pasearía, cenaría en algún fonducho, y temprano, al monte otra vez. Su dinero, guardado en buenas manos, que le otorgaban recibos de depósito, estaría seguro.

Pensando así dio rienda al caballo y, como era ya de noche, pronto jinete y cabalgadura desvaneciéronse en la sombra.

Gaspar, durante el día, estuvo buscando un pretexto, un motivo fácil, natural, que le permitiese salir de la casucha con Silvina en las primeras horas de la noche sin llamar la atención de Leandra, sin despertar sospechas.

Le ocurrió una visita, un cumplimiento rendido al compadrazgo de cualquier montañés. Pero ¿visitar de noche y en día de trabajo? La idea rayaba en lo desusado, en lo anormal, y desechó el plan de la visita. Ocurriósele enseguida inventar una excursión al poblado. Tampoco... A las diez de la noche debía estar junto a Palmacortada en espera del cómplice; el negocio ocuparía una hora más o menos, ¿cómo hacer verosímil un viaje a pie al poblado saliendo a las seis de la tarde para regresar a media noche? Resultaría sospechosa la evolución, y Gaspar quería proceder con las mayores precauciones. ¿Qué hacer entonces?

Un momento hubo en que creyó resuelto el problema: irían a pernoctar a la finca de Galante porque un trabajo de importancia reclamaba a Gaspar... No, tampoco. Después del golpe, ¿cómo diablo ir a casa de nadie cuando lo conveniente era ocultarse, hacerse los dormidos, hacer desaparecer ciertas huellas? ¿Y por qué no fingir un sencillo paseo por las veredas? Saldrían al crepúsculo invocando un gran calor, pasarían un rato y luego volverían a recogerse. Llegó Gaspar a decidirse por ese plan, no obstante ser proverbial su costumbre de dormir desde muy temprano.

Una casual circunstancia, muy frecuente en la vida de los campesinos, resolvió la dificultad.

Alguien dijo que cerca de Vegaplana había muerto un niño, hijo de un labrador conocido de todos. ¡Ah, qué desgracia! ¿Cómo faltar siquiera un rato de la casa del duelo? Irían temprano; pero, eso sí, regresarían de once a doce, porque a él, a Gaspar, no le gustaba el trasnoche.

De ese modo todo era creíble. De seis a nueve al velorio; a las diez, en Palmacortada; después..., a lo otro, y a las doce, a dormir, ¿Pregunta algún curioso qué hicieron desde la salida de Vegaplana hasta mediar la noche? Pues la cosa más inocente; bañarse alegremente en el río. Y Gaspar, a las seis, salió de la casucha, y Silvina tras él.

Sobre un lampo brumoso de nubes bajas entrelució el novilunio, apareciendo el astro como un segmento oriental empenachando el turbante del crepúsculo. El disco de luna cayó en su ocaso, entregando la amplitud del cielo a la irradiación estelar.

A las nueve todo estaba solitario, silencioso; sólo el río, desde el fondo del barranco, elevaba su eterno rumor.

Un aire medroso recorría la fronda, en donde en inefable comensalismo los árboles entrelazaban el ramaje. El arbolado que rodeaba la tienda y los ranchones oscurecía los detalles. Todo confuso: las casas, los troncos de los árboles, el establo, el bosquecillo de cafetos de la barranca. Sólo indecisamente clareaban el camino, endurecido por el tránsito, algunas piedras rodadizas que destacaban sus facetas.

De pronto surgió del bosquecillo una sombra. Era Deblás.

Miró a todos lados, y caminando lentamente acercose a la tienda. Puso las manos sobre el tabique y permaneció inmóvil escuchando. Aplicó la cara a las tablas como para recoger el más leve roce. Nada; ni un rumor, ni el vuelo de un cínife.

Siempre a tal hora, Andújar roncaba... ¿Por qué aquel silencio? ¿Habría salido?

Deblás quiso la evidencia. Dio en torno de la tienda un rodeo completo, empujó todas las puertas, detúvose a escuchar en las de la fachada, dio la vuelta sigilosamente y volvió junto a la puerta del cuarto de Andújar. Nada: el arca del silencio.

De nuevo escuchó, esperando oír la respiración de Andújar. Fue en vano. Al fin vio algo que le sorprendió. En el marco de la puerta, a la izquierda, pendía de un clavo enorme el ronzal, y unido a éste una cuerda que arrastraba por el suelo. Todo quedó explicado: el tendero no estaba en la cueva.

Deblás fue entonces al establo, echose de bruces sobre el comedero e inspeccionó el lugar en que solía dormir la jaca. Ésta no estaba en su sitio habitual.

El pájaro había volado. Cayó Deblás en un mar de confusiones. Sabía que el tendero vagaba de noche pocas veces; de vez en cuando, persiguiendo alguna aventura barata, a la que daba cima temprano.

Salir dejando dinero en el arcón no era creíble. Luego su ausencia significaba también ausencia del dinero. Dio otra vuelta alrededor de la tienda: no quería convencerse de que el gran proyecto había fracasado. Lleno de contrariedad vaciló. ¿Qué hacer?

Enseguida las hipótesis comenzaron su trabajo de duda. ¿Por qué había salido Andújar? ¿Presumió lo que le esperaba? ¡Quién sabe! ¿Sería Gaspar, por alguna indiscreción, responsable de ello? No era fácil... ¡Ah!... Silvina... Era posible que la bestia de la mujer tuviera la culpa. Sin embargo, ¿cómo pensar que, dominada por el otro, se hubiese atrevido a aguarles la fiesta? Y luego, si Andújar supo algo, ¿por qué no reunió gente y esperó el momento de cogerles en la ratonera? Sobre todo, a él, a su primo, a quien echándole mano daría el disgusto más fuerte. No... Andújar había salido casualmente, y no quedaba más recurso que aplazar el negocio.

De nuevo dudó... ¿Y el dinero» ¿Era de esperar que el tendero hubiera cargado con la hucha? De noche, por caminos solitarios, tratándose de un solo hombre, y tan receloso como Andújar, no era creíble aquel trasiego. Entonces, ¿cómo explicar la inverosimilitud de que saliera dejando solo el talego? De todos modos, una cosa resultaba evidente: Andújar no estaba allí. Quedaba, pues, por averiguar si el tesoro se había también evaporado.

En ese orden de ideas, Deblás no creyó difícil que el tendero, obligado a salir por cualquiera circunstancia, dejara los fondos. En ese caso, volvería pronto.

De intentar salir de dudas no había tiempo que perder. Sacó su cortafrío y le introdujo por la juntura de los batientes, palanqueando y subiendo poco a poco hasta la cerradura.

Luego una idea le detuvo... ¿Y los otros, que le esperaban en Palmacortada? ¿Les avisaría? ¿Para qué? Ausente Andújar, se bastaba solo... Mas ¿y el pacto? Tuvo una gran vacilación: le ocurrió que Gaspar, cansándose, fuera a rondar, sorprendiéndole en plena traición. De otro lado, ¿para qué tanta gente?

Resolviose al cabo. Iría a darles contraorden, y el asunto quedaría aplazado para mejor ocasión. Los otros, creyéndole, convendrían en el aplazamiento, y él, en tanto, volvería a la colmena. ¿No había dinero?... ya lo habría otra noche. ¿Lo había?, pues la tajada para él solo. Aunque Gaspar supiera luego la mala partida, a nadie se quejaría. ¡Bah!, era un cobardón con quien no era difícil ajustar cuentas. Además, ¿para qué estaba la cordillera?

Pronto les halló. En un grupo de palmas reales había una cuyo tronco partido denunciaba los desastres del rayo. Al pie de ese tronco estaban Silvina y Gaspar.

Era un lugar escarpado. Enfrente de las palmas veíase el agrio borde de un risco, un precipicio por cuyo fondo discurría un arroyuelo afluente del río, caudal remoto que, de salto en salto, bajaba desde las lejanas serranías.

-Nada de lo dicho -exclamó Deblás al acercarse.

-¿Cómo?

-Que por hoy nada puede hacerse.

-Pero... ¿qué ha sucedido?

-Una cosa con que no contábamos: el pájaro voló.

-¿Qué?

-Pues nada, que Andújar no está en la tienda, que ha emplumado, que se ha llevado el dinero. Nuestro negocio tiene que aplazarse.

Silvina, hasta entonces silenciosa y entontecida, respiró con placer.

-Bien -insistió Gaspar-. ¿Y cómo te explicas eso?

-Una casualidad... El hombre tenía el baúl repleto, se le derramaba, y como es desconfiado, cargó con los cuartos. Ahora que le corran detrás... Eso pasa por culpa tuya. Si no hubieras tenido tantos repulgos, aprovechando una noche de la semana pasada, con seguridad hubiéramos llegado a tiempo. Quisiste pensarlo tanto que... ahí tienes el resultado.

-No me convenzo. ¿Crees que se haya ido por casualidad?

Y al decir esto dirigió a Silvina una mirada torva.

-¿Por qué otra causa, hombre?

-Un soplo...

-No hay soplo que valga. Se fue, se llevó su dinero y volverá temprano. Si hubiera sabido algo, se queda y nos coge en la trampa. Pero no te derritas la mollera: por ahora no hay que pensar en la cosa. Ya veremos cuando convenga volver a las andadas.

Gaspar, después de algunos instantes de reflexión, añadió:

-Estando la tienda sola, casi debíamos registrarla.

-¡Magnífico! Y mientras nos llenamos los bolsillos de papas y pan viejo llega el otro y nos divierte.

-Es verdad... Sin embargo, ¿cómo ese tío ha dejado la tienda sola? Lo natural era que, cuando menos, el dependiente estuviera allí.

-Te digo que no hay nadie, dinero inclusive. Andújar prefiere dejarlo todo bajo llave a que quede dentro ningún mocoso. Se fía más de una llave que de un hombre.

Silvina, en tanto, experimentaba la sensación expansiva del sosiego. ¡Qué felicidad! La infamia no podría, al menos por entonces, llevarse a efecto. Sería luego, mas un plazo era siempre un compás de espera en que las cosas podrían cambiar.

-Conque cada cual a su casa, y hasta más ver -añadió Deblás.

-No te vayas, espérate. Vamos a pensarlo bien. ¿Por qué no intentar un registro allá abajo?

-No puede ser. Correríamos peligro de desayunarnos en la cárcel.

-Fíjate... Si se ha llevado el pico a la bajura no es probable que regrese hasta mañana; si vuelve pronto es señal de que lo ha dejado.

-Bien, ¿y qué?

Intentemos algo..., rondemos...

-Intenta, ronda tú solo... Yo me voy a dormir.

¡Ah, no! Solo, no.

-Conmigo no cuentes.

-Pero, hombre...

-No soy tan mentecato que vaya a meterme tontamente en el peligro.

-Escucha.

-No puede ser.

-Pero mira...

-Te digo que no puede ser.

-No puede ser, Gaspar... -atreviose a murmurar Silvina, y él, iracundo, diola un manotón, diciendo:

-¿Qué dices? ¿Quién te mete a ti? ¡Cállate o te pico la lengua!...

-Vamos, ¿te vas a poner ahora a reñir con tu mujer? Buenas noches.

-Oye...

-No, adiós. Hasta mañana. Ya hablaremos despacio para ponernos de acuerdo...

-Escucha, hombre...

-Nada... Buenas noches.

Y Deblás se internó en el bosque, mientras Gaspar, cerrando con rabia los puños, blasfemaba. Luego empujó a Silvina, que cayó sentada en la maleza.

-Siéntate -dijo, sentándose él también.

Doblando las piernas, con los codos sobre las rodillas y la frente en las manos, diose a cavilar.

Discurría la noche como fantasma que pasara envuelto en túnica cenicienta. El cielo, estrellado, parecía piélago de fulgores. Cada astro irradiaba una saeta de luz, primero tímida, enseguida inmensa, después tímida otra vez, replegándose y apagándose la viveza de la irradiación, como si, horrorizado de las contiendas humanas, quisiera el astro cerrar los ojos. Junto al reguero estelar la inmensa bóveda azuleaba muy suave, muy tersa, muy serena, como si hubiera sido creada para envolver en la eternidad de los siglos la eternidad del bien. Las cumbres se aplomaban sobre su base de coloso, apagando en los paisajes muertos las inciertas claridades. El grupo de palmas se erguía discorde: un tronco recto, otro oblicuo, cual esbelto, cual otro inclinado como si quisiera poner al alcance del hombre sus ánforas colmadas de refrigerante licor. Y siempre el eterno concierto... Alguna ráfaga silbando al agitar la arboleda, el incansable lamento del río formando remolinos y limando pedruscos; la gran sonata de insectos, de violines alados, de sutiles élitros, estridentes cigarras, sobresaliendo del conjunto el disílabo canto del sapillo de los canalizos y las zanjas, repitiendo siempre su monótono ¡kokí! ¡kokí!...

Gaspar rompió al cabo el silencio.

-Diga lo que diga Deblás, la cosa ha llegado al tuétano... Sí; una joroba, una completa joroba... Tanto pensar, tanto dar vueltas al asunto para quedar en na: en que se nos escapa el negocio... No puede ser por ahora. ¡Por ahora!... ¿Pues cuándo entonces?... ¡Tenía, tenía dinero! Yo no me conformo... ¿Pero por qué se ha largado Andújar?... ¿Sabría algo? ¿Fue casualidad?... ¿Alguna hembra?... ¡Quién sabe si no está lejos, si está por ahí, persiguiendo mujeres que otros pagan! Y luego, ¿por qué tan desabrío Deblás? ¿Se habrá acobardado?... ¡Él, tan valentón!... ¡Qué diablos, hombre, qué diablos de estorbo se atraviesa!... ¡Y yo tan preparao pa to, con hambre de meterle mano al bollo! ¡Bah! Ese Deblás se apura por poco... ¡Y qué prisa tenía! Un miedo de primera. Pues..., y verá usted cómo resulta luego que la tienda está sola y con el dinero.

Quedose pensativo. Arrugando las cejas miró al ciclo, poniendo en juego el singular instinto campesino que con pequeño error precisa la hora con sólo mirar las estrellas.

-Si yo me atreviera -continuó-. ¡Qué bueno!, ¿eh? ¡Si probáramos! La tienda aún solita; Deblás durmiendo allá en su seboruco; faltan para las doce como hora y media... Todo viene bien. Se ronda un poco, se abre una puerta, se rompe la cerradura del baúl, y... si no hay cuartos, por lo menos se convence uno de la verdad y bebe un par de copitas. ¡Qué facilidad tan grande! Por supuesto, las cosas de manera que se remate en un dos por tres, no sea que el tío aparezca de pronto, y ¡paf!, patas arriba de un tiro el que le toque la china... Sí, creo que debemos meter mano, porque si no, ¿qué vamos a hacer aquí con la boca abierta? No podemos volver a casa hasta las doce o la una, tendríamos que esperar dos horas aquí al raso, al sereno... ¡Qué diversión!, ¿eh?

Silvina, un instante tranquila, volvió a sentirse consternada. Creyó verse libre aquella noche del peligro; pero de nuevo su marido pensaba en él, insistiendo testarudo. Gaspar se rascaba la cabeza, como si a la maraña de pelos pidiera que resolviese la vacilación.

-La verdad, ése sería un gran golpe -continuó-. Dejemos a un lado a ese tuno, y nosotros solos damos el golpe. Y si no hay moneda, siempre habrá allí algo que se pegue... Lo malo fuera que el otro llegara de pronto y... No; salió oscurecido y no ha ido lejos, ¿qué menos que a media noche pa volver? Si ha ido a la bajura, entonces no se diga...

Después, otra vez a cavilar. Silvina le miraba desvanecido en la sombra, mientras azorada, temblando, esperaba de un momento a otro la solución de la perplejidad.

Así pasó mucho tiempo. De pronto, Gaspar levantose de un salto.

-¡Ea, vente!...

-¡Por Dios, Gaspar, por tu vida! ¿Qué vas a hacer?

-Vamos: echa pa alante.

-Gaspar...

-¡Cállate!

-¡Pero no me empujes, hombre, que voy a irme de cabeza cuesta abajo!

-Vamos...

-¡Ten misericordia de mí! Mira: otro día... Eso no puede ser esta noche, hay muchos peligros... El dinero que tú buscabas no está allí... Cuando Deblás no quiso hacer nada por algo fue. Créelo: déjate de eso...

-Pica..., pica...

-Gaspar, por tu madre, por lo que más quieras, deja eso.

-Camina..., camina...

-O, por lo menos, déjame marchar a casa. ¿Para qué te he de servir yo? De estorbo, ¿sabes?, de estorbo nada más...

-Si no callas, si resistes, ya sabes lo que te espera. Estoy rabioso, con gana de meterle mano al mismo demonio si me saliera. Sigue sin chistar y no me provoques. Estoy aborrecío, Y si me joo... robas mucho te tiro por el risco...

Y comenzaron así a descender por el monte.

En tanto, Deblás no había perdido el tiempo. Dejando a su cómplice en Palmacortada, volvió a la tienda.

Detúvose nuevamente a escuchar, y convencido de la ausencia del tendero, otra vez introdujo el cortafrío por la juntura de los batientes.

Con un movimiento de palanca, acompañado de otro ascendente, hizo llegar el trozo de hierro hasta la cerradura, manteniendo separadas las hojas. Entonces, metiendo las manos por la ranura, tiró con fuerza, y saltando la cerradura la puerta cedió.

Vencida la primera dificultad, el desertor penetró en la tienda. Un olor espeso y caliente le envolvió, denunciando el hacinamiento en aire confinado de sustancias comestibles.

Una vez dentro encendió un fósforo, y a su luz, con un pedazo de madera que halló a mano, atrancó la puerta. De ese modo estaría seguro. Quien quisiera entrar necesitaba llamar o abrirse paso por la fuerza.

Encendió una vela de sebo, que colocada en una botella estaba sobre una silla junto al catre. Cuando hubo claridad miró en torno... ¡Solo, al fin, en el envidiado recinto!

Junto a la silla estaba el arcón, un gran cofre de más vejez que resistencia. Levantando la luz diose cuenta de los detalles, reconoció el cuarto de las albardas y paseó como un fantasma entre los aparadores y el mostrador.

Con mirada de lince lo registraba todo: era preciso dar el golpe con la mayor seguridad y el mayor provecho. Recordó el dilema de Gaspar, que a él también le había ocurrido: si Andújar se ha llevado el dinero no es probable que regrese hasta mañana; si está el pico allí volverá pronto. Lo importante, pues, era salir de dudas. Si el dinero estaba en el arcón era menester apresurarse y cargar rápidamente con él; si no estaba, Andújar no volvería hasta el día siguiente, dando tiempo para registrar detenidamente la tienda y para limpiarla de objetos transportables de que valiera la pena apoderarse.

Volvió al cofre, e introdujo el cortafrío por la juntura de la tapa, levantando la cinta de latón que la cubría.

Con poco trabajo soltó una aldaba, luego la otra, y al cabo, Deblás vio el hueco del cofre ante sus ojos. Un montón desordenado de ropas se apiñaba allí; en el fondo, un cajón de madera en otro tiempo destinado a guardar galletas mostraba también su hueco vacío. Sólo algunos ochavos caídos al descuido ennegrecían como lunares grotescos el fondo de papel blanco que tapizaba el cajón. ¡El tesoro había volado!

Deblás, en un arrebato de rabia, arrojó contra el suelo el cortafrío, que, produciendo un golpe seco, rodó hasta quedar debajo del catre. Se irguió, cerró los puños, y mirando con ira el vacío vientre del arcón lanzó una blasfemia. ¡Ah, el miserable de su primo le jugaba una mala pasada!

Entonces recorrió la tienda. ¡Bah!, porquerías... Sólo el diablo cargaría con cosas de tanto bulto para ocultarlas y enajenarlas después sin despertar sospechas.

Sobre una tabla mugrienta había un embutido que solía detallarse a los parroquianos. Deblás se echó en la boca un pedazo y después un gran bocado de pan y queso.

Luego dedicose a buscar... Nada de lo que veía le gustaba: telas, cintajos, zapatos ordinarios, hilo de coser, botones de cobre. ¡Valiente cosecha! Y seguía comiendo queso, pan, salchichón, jamón... Engullía nerviosamente grandes bocados que tragaba casi sin masticarlos. Hubiera querido tener un apetito de diez años de abstinencia para poderse aprovechar, para consumir la mayor cantidad posible de subsistencia y así fastidiar a su primo, castigándole por haberse llevado el codiciado talego.

Durante el registro movíase en todas direcciones; pasaba de un lado a otro del mostrador, subíase encima alcanzando objetos altos; bajábase registrando debajo. Como todo estaba cerrado, la temperatura era elevada, y Deblás sentíase inundado de sudor, sofocado por la escasez de aire.

Y así, registrando y comiendo, dio fin a una lata de conservas, husmeando en el surtido, revolviendo la tienda. Sintió sed. Sirvióse ron y lo apuró de un trago. Había abierto el cajón del despacho: ni un céntimo. Sólo sobre el mostrador una peseta falsa, clavada allí como escarmiento de confiados o muestra de mala fe.

De nuevo la sed se impuso. De una tinaja metida debajo del mostrador sacó un cacharro de agua. Pero no bien la hubo probado la devolvió con asco; estaba espesa, caliente. Abrió una botella de cerveza y la bebió toda.

Continuando el registro, guardose algunas chucherías en los bolsillos: pares de medias, un cortaplumas, un cinturón de cuero y dos o tres pañuelos.

Registrando y bebiendo pasó una hora. Al fin, después de una copiosa libación de aguardiente, volvió al cuarto de Andújar. Los bolsillos repletos le abultaban de tal modo que tuvo que empujar hacia adelante el puñal que llevaba envainado al cinto.

Colocó la luz sobre la silla, se enjugó el sudor con el dorso del pulgar de la mano derecha y, resuelto a salir, empezó a levantar la tranca.

Mas una observación le detuvo. En lo alto del tabique, junto al catre, había una tablilla; desde lejos, Deblás vio hacinados sobre ella multitud de objetos.

Quiso registrar... Como el catre impedía llegar a la tablilla, subiose sobre él, y con un pie en cada lado, abierto de piernas, comenzó el registro. Nada halló: cajones vacíos, trozos de cordeles viejos, papel de estraza arrumbado.

En aquella actitud de coloso, Deblás experimentó una sensación extraña, algo como un vértigo, un peso grande en la cabeza, un sueño irresistible. Bajose, arrodillándose primero en el catre, y luego sentose en el borde. ¿Qué le pasaba? Como era tarde, ya media noche, y había bebido, no era raro...

Contempló el catre y dio un puñetazo en la almohada. ¡Ah!, su primo era un bribón, un ratero que debía su fortuna a la rapiña. Él no le perdonaría la que le había hecho aquella noche. ¡Qué lástima! ¡Tan bien preparado todo, tan arreglados los detalles del plan! Y aquél era su catre... Sí, allí dormía como un cerdo, después de contar cien veces el diario recogido del cajón; allí preparaba sus planes astutos; allí roncaba como un fuelle enmohecido. Allí debió quedar clavado de una puñalada si no hubiera sido por la maldita casualidad...

Puso el codo en la almohada y dio un gran bostezo. ¡Qué lástima, desbaratarse sus planes cuando ya casi tocaba el fin! Pero le cogería en otra noche más feliz. Por la mañana volvería sin duda tan fresco, tan regordete, tan rollizo...

Dábase cuenta Deblás de que indomable sueño le invadía. Sus miembros relajábanse en agradable dejadez, y no fue el codo, sino la cabeza, lo que apoyó en la almohada.

Allí, boca arriba, paseó la mirada por el techo sin sobrado. No era conveniente regodearse: podía el sueño dominarle y exponerle a una sorpresa. Había aprendido en días fugitivos en la cordillera a dormir con un ojo, velando con otro, y siempre, al amanecer, el primer gallo cantor le despertaba. Serían las doce; podría dormir un rato allí, en donde no se estaba mal, y muy temprano escapar.

Sin embargo, no... La usurpación del catre de Andújar podría costarle cara. En una mala hora cualquiera se queda dormido, y ¡bonito papel haría él roncando allí con el sol ya fuera! No, marcharse, huir..., esto era lo conveniente.

Mientras pensaba, íbase el sueño apoderando de su conciencia. La voluntad de huir disponía de su cabeza, el impulso indominable del sueño formulaba su tirano mandato al cuerpo. Raciocinio y alcohol luchaban a brazo partido; si el pensamiento hubiera podido volar hubiera huido; mas para huir arrastrando el cuerpo, el pensamiento tenía que remover la pesadez de los miembros, desvanecer el sopor de los músculos, combatir la clausura de los párpados, y todos aquellos resortes del movimiento yacían entonces encadenados por el alcohol. El pensamiento, aún despierto, el cuerpo, ya dormido, y en la lucha burlándose el alcohol de la energía volutiva.

Al fin, perdió el freno que le mantenía en la conciencia de las cosas: el raciocinio... Perdido éste, ya no fue dueño de sí mismo. La materia imperó con sus necesidades despóticas, y, faltándole el equilibrio de la razón, la miserable masa sucumbió al narcotismo, y Deblás cayó volcado en un sueño avasallador, profundo, bestial... Era materia inerte que suspendía la actividad de relación, levadura grosera que no tiene conciencia de sí misma e ignora cuándo, a impulsos de la fuerza, ha de apiñarse para formar el astro o debe disgregarse para formar el pus; masa viviente, que durante el sueño se hunde en el quietismo, lo mismo envolviendo al honrado que al malhechor; arcilla neutra que sirve para todo, lo mismo para hermosear el pecho de una Venus que para endurecer la pezuña de un centauro.

Deblás, boca arriba, con los brazos abiertos, quedó inmóvil. La vela de sebo, próxima a consumirse, lacrimeaba sobre la superficie verdosa de la botella hilos amarillentos. El pabilo, deformado por la combustión, mostraba en su remate un ascua intensa y de la llama desprendíase una columnilla de humo que trazaba espirales antes de desvanecerse. Los objetos que interceptaban los rayos de luz poblaban el cuarto de sombras deformes, y la débil claridad que a través de la puerta llegaba hasta el mostrador reflejábase tenuemente sobre los platillos de la balanza.

A poco no hubo más sebo... La velilla se devoró a sí misma, y el pabilo, vacilando sin base, inclinose en la boca de la botella y acabó por caer dentro. Un instante, con fulgor de luciérnaga, brilló en su cárcel de vidrio; luego extinguiose, quedando todo en sombras.

Entonces, del bosquecillo de cafetos que sombreaba la barranca se destacaron dos cuerpos. Eran Gaspar y Silvina; el uno arrastrando a la otra.

Aunque Gaspar estaba seguro de que en la tienda no había nadie, quiso ser cauto y se detuvo a escuchar, pegando la oreja al tabique posterior. Ni el más ligero ruido, ni la más pequeña alarma.

Con su cuchillo empezó a forzar la puerta que correspondía al cuarto de Andújar; mas como Deblás la había atrancado, la puerta resistió, renunciando Gaspar a su empeño. Siempre arrastrando a Silvina rodeó el edificio, probando la solidez de las puertas. Todas resistieron.

Obraba impulsado por un alarde de valor y de codicia: si el dinero estaba allí sería para él solo, si no estaba no había peligro en penetrar, porque el tendero no regresaría hasta el día siguiente.

Sin embargo del esfuerzo, a duras penas dominaba el miedo. Apresurábase, imponía una actividad febril. Sí, era menester maniobrar con rapidez.

Silvina, rendida, muda, con los ojos secos, seguíale trémula. Ya no lloraba; pero sus recelosos ademanes denunciaban la reconcentración de un susto mortal.

En el rodeo llegaron a la puerta cuya llave había dado Andújar al mancebo. Era una de las de la fachada del camino y no tenía tranca.

Logró Gaspar deslizar el cuchillo y establecer el palanqueo hasta la cerradura. Introdujo por la juntura una piedra y mantuvo así separados los batientes. Tiró con energía, y la puerta, astillando como leña hendida, quedó franca. El caliente hálito del local, el vaho de comestibles, bañó el semblante de los salteadores. Penetraron en la tienda el uno siempre remolcando a la otra.

Juntó él la puerta y detúvose un instante: nada se oía. Hizo luz con un fósforo, y levantando la tapa situada en uno de los extremos del mostrador pasaron a la trastienda.

Gaspar, en un encasillado que servía para guardar cereales, encontró velas de sebo. Encendió una y la acuñó en la boca de una botella.

Enseguida pensó en el arcón... Era preciso forzarlo, abrirlo de par en par, registrando hasta el último rincón.

Reconoció rápidamente su cuchillo, comprendiendo que no bastaría para la maniobra. Buscó con mirada viva algo apropiado... Debajo del mostrador vio un pico de hierro de los que se utilizan en las siembras para cavar los hoyos. Aquello serviría... Puso la luz sobre el mostrador y levantó el pico del suelo.

-Tú no tienes más que seguirme -dijo-. Con esta punta haré saltar la tapa del baúl... Pero bueno es estar prevenidos: toma, sujeta tú el cuchillo.

-¡Yo no!... ¡Yo no!...

-¡No me repliques!... No quiero perder tiempo. Meteré el pico y luego empujaremos los dos hasta alzar la tapa. Cuando te avise, vienes a buscar la luz. ¿Comprendes? ¡Ánimo! Quizá estamos cerca del tale...

Un rumor súbito le interrumpió. Era Deblás respirando ruidosamente.

Gaspar, sobrecogido de sorpresa, se encogió rápidamente, metiéndose debajo del mostrador. Un instante después arrastró por el traje a Silvina, obligándola a arrodillarse a su lado, mientras con imperceptible voz le dijo al oído:

-¡Estamos perdidos!... ¡Andújar está ahí!..., ¡está ahí!... Deblás nos engañó...

El corazón de Silvina parecía un martillo de fragua, golpeando sobre el yunque. Muda de terror, era masa inerte que iría donde la llevaran.

Gaspar diose rápidamente cuenta de la situación. Andújar estaba allí; tenía que habérselas con un hombre vigoroso y resuelto. De un momento a otro podía silbar en el aire el mortífero proyectil del revólver. Era necesario escapar...

Sin embargo, ningún otro rumor se dejaba oír. Era indudable que el tendero no había despertado. Pensando en huir vio que podían deslizarse por debajo del mostrador hasta la tapa movible, y de allí, en dos saltos, al camino. Pero ¡ah!, si Andújar estaba allí, el dinero también estaría. Con un esfuerzo, con un poco de serenidad, tal vez lograran apoderarse de la hucha. Sí, ¡valor!... ¡ánimo!...

La luz oscilaba en tanto con llama melancólica apenas suficiente para distinguir los objetos remotos.

Gaspar reaccionó sobre su cobardía. ¡Ea, a jugar el todo por el todo! Levantose, levantando de un tirón a Silvina; cerciorose de que ésta mantenía en la mano el cuchillo: asió fuertemente el pico, escudriñó en la sombra del cuarto y dijo al oído a Silvina.

-Sigue..., le encontraremos por el bulto.... anda lista. ¡Cuidado! ¡No le des tiempo para disparar!... ¡Mátalo de un golpe..., anda!...

Así diciendo la empujaba por la cintura. Ella, horrorizada, inconsciente, sin fuerza para resistir, cedió, y ambos entraron en la alcoba de Andújar: una delante, armada del cuchillo; otro, empujando detrás y armado del pico.

Llegaron junto al catre, distinguiendo en la penumbra un cuerpo tendido. Un paso más y todo habría terminado...

Silvina entonces sintiose invadida por un frío intenso, experimentó un cosquilleo que le lamía la carne, una sensación de embotamiento que la paralizaba; perdió la conciencia de todo, se desvaneció en su cabeza la noción de la vida, miró estática y con los brazos caídos un lugar del tabique que le pareció luminoso y quedó inmóvil.

Gaspar, apresurado, tembloroso, la estimuló de nuevo:

-Ahora..., ¡dale ahora!...

Mas Silvina no hería, y su cabeza se inclinaba hacia atrás.

-¡Mátalo, demonio!... ¡Mátalo!...

La escena fue rápida, instantánea. Gaspar alargó el brazo, apretó con su mano derecha la diestra de Silvina y la levantó en alto, preparando la puñalada.

Pero Silvina, vacilando, dejó escapar un grito, y abriendo los brazos cayó de espaldas.

La ansiedad de un inmenso peligro relampagueó en Gaspar. Creyó que la joven caía herida en la penumbra por la mano de Andújar; pensó que el arma invisible iba enseguida a dirigirse contra él; el instinto de conservación contrajo sus miembros, y levantando con ímpetu el pico descargó sobre el cuerpo dormido el terrible golpe.

Escuchose un lamento sordo, y un torrente de sangre manó del cuerpo de Deblás, filtrándose por el lecho, inundando el cuarto, saltando en hilos rojos, mojando como caliente lluvia el semblante y las ropas de Silvina, yacente en el pavimento.

Gaspar, en la excitación del crimen, conteniendo el temblor de las piernas, fue al mostrador, volviendo con la luz al cuarto.

Con una mirada lo abarcó todo: Silvina, a quien creía muerta, inmóvil; el arcón abierto, eventrado, mostrando la miserable vacuidad, sin un céntimo, sin un objeto que saciara la codicia; en el catre, el cuerpo de un hombre. Todo simultáneo. Un solo ademán recogiendo cien sorpresas.

Acercó Gaspar la luz al lecho, reconoció la víctima, retrocedió presa de asombro, dejó caer la luz, que se apagó en la caída, y rugió con despavorido acento:

-¡Condenación del infierno!... ¡He matado a Deblás!...

Luego, en la oscuridad, un instante de vacilación. El miedo le sacudió el cuerpo, el terror le clavó su acicate, el pánico le dio ímpetu. ¡Dos asesinatos..., dos muertos!... De un salto llegó a la puerta que se abría hacia la barranca, de un golpe hizo volar la tranca, que volteando en el aire cayó con estrépito de punta sobre las tablas, de un empujón abrió la puerta, y como fiera perseguida que descubre una brecha lanzose al campo, descendió la barranca, pasó a saltos el río, repechó el cerro por donde no había camino, e internose en el bosque poseído del ansia de huir, con locura de distancia, inundado de sudor, con la cabeza descubierta, con los ojos espantados y profiriendo horribles imprecaciones, atroces maldiciones, injurias sacrílegas al cielo, a la tierra, al infierno y a Dios.

En tanto, en la tienda, por el hueco de la puerta, entraban los aires de la noche. Una orgía de átomos bañándose en frescura, flotando con liviandad, penetrando impalpables para luchar con el ambiente confinado de la tienda, para vencer el tufo ingrato de vituallas casi corrompidas.

Unos minutos pasaron. El cuerpo de Silvina se agitó convulso. Una respiración breve y estertórea filtró aire en su pecho; los contraídos puños, que apretaban los pulgares sobre la palma de las manos, cedieron su rigidez, y la cabeza, antes rígida, comenzó a moverse de un lado a otro.

Era la crisis, la terrible crisis que se apiadaba. Los nervios no se retorcieron más, el mordisco tetánico soltó la presa, y al fin una inspiración profunda, devuelta en un prolongado suspiro, disipó en el cuerpo doliente el morboso latigazo.

Silvina levantó la cabeza, se incorporó sobre una mano. ¿Dónde estaba? ¿Qué le había pasado? ¿Por qué tan recio dolor que le destrozaba el cuerpo?

Quiso recordar y no pudo. Miró en torno, tratando de sacudir el embotamiento de sus sentidos; hizo esfuerzos por volver a su cabeza vacía las claridades de la memoria; alargó los brazos, tropezó con el catre, se agarró al borde y, apoyándose en él, púsose en pie.

Entonces fue horrible... Súbito como exhalación que una nube fulmina bajaron en tropel a su cabeza memoria, raciocinio y pensamiento. Como a la luz de un relámpago lo vio, lo recordó, lo juzgó todo...

-¡Misericordia! -exclamó, lanzando un grito penetrante; y loca, insensata, sintiendo en la espalda el contacto helado del pavor, frunciendo los labios como deteniendo al alma que aterrorizada quería escapársele, traspasó el umbral, emprendiendo vertiginosa carrera.

El raciocinio, bajo el imperio del terror, forjaba quimeras. El cuerpo ensangrentado que acababa de distinguir la seguía, la seguía para estrangularla. Y ella corría como lanzada por una fuerza propulsora, como despedida por una honda.

En el barranco dio traspié; si el miedo dábale alas, la última crisis la desfallecía con su depresor paroxismo. Quería huir, desaparecer... En el río, ya en la opuesta ribera, cayó. Alzose y siguió corriendo.

De vez en cuando volvía la cara, y en el tronco de los árboles le parecía ver el hombre ensangrentado. Sí, tras ella iba persiguiéndola para asirla por el cuello, para matarla. ¡Misericordia!... Y seguía corriendo.

Comenzó a repechar el cerro. El declive y lo pedregoso del suelo la hacían caer a cada paso. Pero corría, corría siempre, saltaba de montón en montón, tropezando con los árboles, resbalando sobre las piedras.

Pisaba en falso a veces, daba pasos inseguros, haciendo rodar piedras por el declive, y asustábase al escuchar el ruido lúgubre que esas piedras, al despeñarse, producían.

Así, en dirección oblicua, alcanzó la vereda. ¡Ah, por allí era más fácil! La siguió desalada, en el vértigo de la fuga.

En un recodo volvió a caer. Al levantarse miró atrás y vio al muerto. Sí, era él, horrible, espantoso, teñido de rojo, con una mano alargada para cogerla.

De la nueva ola de pánico reaccionó otra de energía, y rápida, con velocidad de lebrel, siguió corriendo. ¡Arriba..., arriba! Si debía morir, que no fuese al campo raso y estrangulada por la visión que la perseguía...

De ese modo, anhelante, desencajada, moribunda de terror, subía, subía, cada vez con menos fuerzas, por la vereda.

Hubo un momento en que creyó morir: se había oído llamar.

-¡Silvina! -dijo una voz.

Saltó como disparada por un resorte, y la voz repitió:

-¡Silvina!... ¡Silvina!...

Junto a la voz dejose oír un rumor positivo de pasos, de pasos vivientes y ligeros que repechaban también.

-¡Silvina!... ¡Silvina!...

Mas ella, en su desolación, no obedeció a otro dueño que al miedo; no hallaba más asidero que la veloz carrera.

A poco, quien la llamaba y corría tras ella, ganó terreno. Como la vereda serpeaba en la montaña, el perseguidor, aprovechando uno de los recodos, saltó por el monte, y mientras Silvina corría por la vereda logró llegar primero al remate de una de las ondulaciones. De ese modo, el paso quedó cortado, y Silvina, desfalleciendo de horror, vio delante de ella la temida sombra.

-¡Misericordia!... ¡misericordia! -dijo, dirigiendo las manos hacia adelante como para defenderse.

-Silvina -repitió una voz jadeante-. Espera, por Dios... ¿No me conoces? Soy yo...

Era Ciro... Ciro, que rondaba como siempre; que la había visto salir con Gaspar y dirigirse a Vegaplana; que husmeaba una ocasión propicia y jugaba siempre la probabilidad de encontrarla.

Silvina, emocionada, sin aliento, sintiéndose desfallecida, no se daba aún cuenta exacta del encuentro. El joven adelantaba y ella retrocedía.

-Soy yo..., soy yo...

Al fin, en medio de la emoción, surgió para Silvina la luz. ¡Era Ciro, el hombre que la amaba, el único ser piadoso para ella!

La atrajo el joven y la estrechó en sus brazos. ¡Al fin, la soñada ocasión! Y ella, que en nada pensaba que no fuera su angustioso terror, le abrazó también, estrechose contra su cuerpo, colgose de su cuello con nervioso júbilo. ¡Qué felicidad! Allí estaba su defensor, el único brazo capaz de defenderla, el único pecho tierno para ella; y en un éxtasis de sosiego que iba poco a poco disipando el espanto le pareció que entre la tienda, con su escena lúgubre, con su charco de sangre, con su muerto mutilado, y Ciro, con sus abrazos palpitantes y sus sedientos besos, mediaba un muro, un muro muy espeso, muy alto, del tamaño de una montaña, infranqueable para el terror, cerrado a los horrorosos recuerdos del pasado.

Con tal ánimo se abrazaba a Ciro como el náufrago al resto flotante, y al estrecharle experimentaba el placer del perseguido que halla paladín que le escude. Apretábase a él palpitante, temblorosa, como quien cayendo de muy alto encuentra un asidero en la caída.

Ciro la apartó de la vereda, y en el bosque sentáronse en el tronco tronchado de un banano.

Apenas daba crédito el joven a su ventura, y colmando de caricias a Silvina notaba en su azoramiento las huellas vivas del pánico.

-Pero ¿qué te pasa? Estás yerta, tiemblas, miras a todos lados, estás como angustiada... ¿Temes que venga ése? Aquí no puede vernos.

-¡Ah!, yo...

-Tranquilízate, mujer. Estás conmigo. Tienes miedo pensando en él, ¿verdad?

-Sí..., yo no sé...

-¿Dónde está Gaspar?

-¡Ah, no sé!...

-¿Dónde le has dejado?

-Por..., por ahí...

-¿Pero qué te ocurre? Estás tiritando...

-Nada..., es que...

-¡Ah!, yo sé lo que tienes. Esa bestia, ese canalla, ese cochino, te ha pegado, y tu venías huyendo de sus golpes. Sí, y te ha empujado en el río, te ha hecho caer, porque estás toda mojada...

Y Ciro, tocando las ropas de la joven, empapadas en la sangre del desertor, no distinguía el color de aquella humedad, pensando en un accidente, en una brutalidad de Gaspar al pasar el río.

-Sí, ese infame te ha pegado... Pero no te apures, vieja: aquí estoy yo. Al fin no te quedará más remedio que escaparte conmigo. Déjale que chille, déjale que rabie: vente conmigo y no temas nada. ¡Cochino! ¡Cochino! ¡Levantas la mano para una débil mujer!...; pero por esta noche, te fastidias...

-¡Ah, Ciro, no me abandones!

-Ni picado me podrían separar de ti. Sí, deja a ese hombre; deja ese infame. Si te persigue, yo te defenderé; le mataré si es necesario.

-Me muero de susto...

-¡Bah!

-Tengo miedo..., un miedo terrible...

-Pues, ¡ea!, mi vida, déjate de miedos. Al contrario, celebremos la casualidad que nos reúne. ¡Ah, qué dichoso soy! Esta noches, ¿sabes?.... la del perro...

El acento de Ciro se hizo tierno, balbuciente, mientras ella le escuchaba sin fijeza, preocupada con sus terrores.

Eran dos emociones diferentes, dos sensaciones distintas; unas nupcias divergentes, en que cada uno de los amantes tenía el alma en distinto mundo. Él, en el mundo real, en la vida rebosante de deseos; ella, en el mundo de las quimeras, del espanto, poblado por los fantasmas de un sistema nervioso mordido por la emoción... Él no temía, amaba; ella no amaba, temía; y mientras el amor amparaba el terror engrandeciéndose, el terror encogíase en brazos del amor sin comprenderlo, sin sentirlo, resignándose a todo con la gratitud del más grande de los beneficios, con el reconocimiento del más generoso de los favores.

No pensaba ella entonces en huir de Ciro, como otras veces. En aquellos instantes era él el amparo, el asidero, la columna, la resistente columna protectora.

Pensaba él en sus ansias, en sus delirios, en la embriaguez producida por el tibio contacto del ser amado. Era columna, pero columna viviente, animada, con sed de caricias, con hambre de besos, ávida de estremecerse en arrebatos de pasión.

Ciro, en un supremo abrazo, besó a Silvina en la boca. Tenue el azul del río; volubles las ráfagas de la brisa... Todo con pasmosa armonía diseminaba encantos en la soledad del paisaje.

Ciro, tiernísimo, amoroso, entregábase a la dicha lograda. En Silvina no palpitaba la sin par caricia de la pasión vencedora, ni la embriaguez que proyecta la vida a través de los mundos y los tiempos; ni el aura deliciosa que funde en uno solo todos los alborozos de la vida.

No era alma gozosa que vencía rindiéndose; era víctima del miedo, que se reportaba en el protector regazo, no era el ser mórbido lanzado a las expansiones de la felicidad, era pobrecita carne escondiéndose temblorosa en los brazos del valeroso defensor, mientras en el ámbito bullían las notas aladas del nocturno plasmo, con sus voces estridentes, con sus silbidos sutiles, con sus gritos lúgubres, destacándose del conjunto el disílabo canto del sapillo de las humedades, modulando tristemente su eterno ¡kokí! es ¡kokí!...